가슴 설레는 청춘
킬리만자로에 있다

가슴 설레는 청춘
킬리만자로에 있다

그곳에 과연 표범이 있을까 ?

김호경 | 이범구 | 김성경 지음

북캐슬

일러두기

• 이 책의 판매수익금은 탄자니아 마사이 부족 어린이 돕기에 사용됩니다.

• 킬리만자로, 뚜르드 몽블랑, 안나푸르나, 금강산, 백두산, 중국 황산, 태항산, 장가계,
  말레이시아 코타키나바루 등을 비롯해 국내외 산에 대한 더 많은 사진과 자료는
  〈노을빛고을〉 cafe.daum.net/bw3355/에서 보실 수 있습니다.

• 이 책에 실린 영어 문장은 어법에 맞지 않습니다. 탄자니아에서 사용한 영어를 그대로 실었습니다.

• 탄자니아 및 킬리만자로 설명에 대한 사항은 정확하지 않을 수 있습니다.

★

"등산의 기쁨은 정상을 정복했을 때 가장 크다.
그러나 나의 최상의 기쁨은
험악한 산을 기어 올라가는 순간에 있다."

− 니체

차 례

킬리만자로는 그대를 기다린다

오래 전 어느 시인은 이렇게 노래했다.

> 배를 타다 싫증나면/까짓것/청진항 도선사가 되는 거야……새
> 벽별이 지워지기 전/율리시즈의 항로를 접고서/에게해를 넘어
> 온 항해사/태풍 속을 헤쳐 온 키잡이……까짓것/배를 타다 싫증
> 나면/청진항 파이롯 되는 거야
>
> — 김성식 詩 '청진항'(1971년 〈조선일보〉 신춘문예 당선작)

그날 내가 이 시를 불현듯 떠올린 이유는 무엇일까?

시인의 말처럼 '싫증났기' 때문이다. 무엇에 싫증이 났는지는 굳이 설명
하지 않아도 잘 알리라. 그러기에 나는 이 시를 이렇게 바꾸어 소리쳤다.

PARK HEADQUARTERS
ALTITUDE 1970 M/6400 FT AMSL
KILIMANJARO NATIONAL PARK
MARANGU ROUTE.

PLACES.	E.T.A.	ALTITUDE.	VEG.ZONE.
MANDARA	3HRS	2700M	FOREST
HOROMBO	5HRS	3720M	MOORLAND
KIBO	5HRS	4703M	ALPINE DESERT
GILMANS	5HRS	5685M	ALPINE DESERT
UHURU PEAK	1½HRS	5895M	ICE CAP

삶이 싫증나면/까짓것/킬리만자로에 가는 거야……새벽별이 지
워지기 전/우후루 피크의 길을 따라/인도양을 넘어온 나그네/거
친 돌밭길을 헤쳐 온 볼품없는 남자……까짓것/살다가 싫증나
면/킬리만자로에 오르는 거야

　누구인들 쳇바퀴 같은 삶을 살지 않으랴, 누구인들 책임과 위치, 돈과
울타리에 갇혀 있지 않으랴, 누구인들 가슴속에 울분과 답답함, 서러움
이 없을까. 그럴 때 우리는 어떻게 해야 할까?
　그 답은 당신도 이미 알고 있다. 낯선 도전에 몸을 내던지는 것이다.
족쇄를 끊고 한번쯤 활짝 날아보는 것이다. 사납게 쏟아지는 소나기를
다 맞으며 숨이 막힐 때까지 뛰어보는 것이다. 거친 산등성이를 헐떡이
면서 오르고 오르며 나 자신과 투쟁하는 것이다. 푸른 하늘의 끝까지 힘
차게 날아올라 보는 것이다.
　당신의 옆구리에서 꿈틀거리는 날개를 억제하려 하지 마라. 당신의 가
슴속에 웅크리고 있는 원시의 본능을 외면하지 마라. 훌훌 털고 떠나라.
저 높은 킬리만자로를 향해.
　왜?
　그 아름답고, 거칠고, 높은 봉우리가 당신을 기다리고 있기 때문이다.

1 부

그대는 아프리카를 사랑할 수 있을까

★

우리는 왜 그곳에 가야 하는가

탄자니아?

아루샤, 뒤죽박죽의 도시

킬리만자로! 어디에 있는가?

우리는 왜 그곳에 가야 하는가

젊어서는 미국과 일본을, 중년이 되어서는 유럽을,
장년이 되어서는 아프리카를, 늙어서는 고향으로 돌아가자

우리가 사는 이 지구별에는 몇 나라가 있을까? 단순한 이 질문에 답하기란 쉽지 않다. 국가라는 개념이 명확하지 않기 때문이다. 국가가 되기 위해서는 영토와 국민, 헌법, 주권 등이 있어야 한다. 이 요소들이 없으면서도 요행 국가를 이룬 나라도 있으며, 한 나라가 두 나라로 나눠지기도 한다. 이렇게 저렇게 헤아려보면 현재 대략 220여 개가 넘는 나라가 세계에 존재한다.

특이한 것은 220여 나라가 각자의 독특한 이미지를 가지고 있다는 점이다. 매우 감사하면서도 정말 놀라운 사실이다. 만일 220여 나라가 비슷한 풍광을 지니고 있다고 생각해보라. 세상은 얼마나 재미없고 삭막한 곳이 되겠는가? 더 감사하면서도 놀라운 사실은 한 나라를 바라보는 사람들의 느낌 역시 천차만별이라는 점이다.

내가 처음으로 미국 땅을 밟았을 때 든 느낌은 '넓다'는 것이었다. 이 말에 사람들은 너털웃음을 터트렸다. '미국이 넓은 것을 몰랐는가'라는 일종의 비웃음이었다. 그러나 나에게 미국은 넓다는 사실이 가장 강렬한 이미지였다(이는 미국의 최대 장점이면서 단점이다).

일본을 방문했을 때 드는 느낌은 '바둑판'이었다. 일본은 모든 것이 바둑판처럼 정확했고 사람들 역시 그에 맞추어 행동했다. 질서정연했고, 깨끗했고 빈틈이 없었다(이것이 일본을 강대국으로 만든 비결일까?). 하지만 숨이 막히는 것도 사실이다.

아시아의 대표적 관광지 중 하나인 태국은 '종교에 대한 열성적 탑'이었다. 왓아룬Wat Arun(새벽사원) 등을 보면 이 나라는 종교에 대한 염원을 전 국민이 가지고 있다는 느낌이 강하게 온다. 스위스는 대자연, 이탈리아는 잊혀진 위대한 역사, 프랑스는 느긋한 예술, 독일은 엄격한 철학, 브라질은 종잡을 수 없는 열정…(내가 이 나라들을 다 가본 것은 아니다).

그렇다면 아프리카 대륙은 어떤 이미지일까? 탄자니아에 처음 도착해 내 뇌리를 강하게 때린 것은 '아름다움'이었다. 아프리카는 정녕 아름다운 땅이었다. 무엇이 아름다운가?

모든 것이 엉망진창이다. 뒤죽박죽이고 두서없고 난장판이고 어지럽다. 원시와 현대가 교묘하게 섞여 있고, 그러면서도 미래가 한쪽 구석에서 꿈틀거리며 숨을 쉰다. 사람들은 온통 검고, 말은 억세고 빠르다. 집들은 작고 지저분하고, 인간과 동물이 사이좋게 살아간다. 그리고 끝없이 넓다. 도대체 이 초원이 어디에서 끝날지 알 수 없다. 도대체 이 거친 황토의 땅이 어디까지 펼쳐져 있을지 가늠할 수 없다. 이 모든 것이 뒤엉켜 아프리카는 아름답다.

아프리카를 상상하는 가장 좋은 방법은 영화 〈디스트릭트 9 District 9〉의 외계인 거주 지역을 떠올리면 된다. 일명 '프론'이라 불리는 너저분한 외계인 구역, 정녕 그보다 더한 쓰레기장은 없다! 아프리카는 그곳보다 약간 더 좋다.

당신이 깨끗한 것을 좋아하고, 정리정돈을 해야 직성이 풀리고, 반듯한 것을 좋아한다면 아프리카에 첫발을 내딛는 즉시 비명을 발할 것이다. 질색해서 도망치고 싶을 것이다. 하지만 나는 그러한 아프리카가 '정녕 아름답다'는 말 외에 달리 표현할 길이 없었다. 원시의 강렬함, 뒤죽박죽의 아름다움을 보고 싶다면 아프리카로 떠나라.

내 생각에 세계여행은 순서가 있다.

해외여행은 이르면 이를수록 좋지만, 첫 여행은 선진국을 선택하라. 일본이 가장 좋고 그 다음이 미국이다. 왜 두 나라가 강대국이 되었는지를 청년 시절에 깨달으면 미래 설계에 큰 도움이 된다. 이어 필리핀, 태국, 말레이시아, 베트남 등 동남아 국가를 여행하라. 여기까지는 35세 이전에 해치워야 한다.

그 다음에는 서유럽이다. 한국인이 가장 좋아하는 유럽 땅은 볼 것도 많고, 느낄 것도 많다. 영국, 프랑스, 독일, 이탈리아 등은 한때 세계를 좌지우지했으나 이제 미안하게도 '세계의 박물관'으로 전락한 신세가 되었다. 그 역사를 탐방하는 것은 인생에 큰 도움이 된다. 유럽여행은 적어도 40세를 마무리하기 전에 마쳐야 한다.

그 다음에는 어디를 갈까? 50대가 되면 아프리카 혹은 인도로 가라. 거대하면서도 가난한 땅, 규정하기 어려운 나라, 도대체 무엇이 무엇인지 파악하기 어려운 나라…그곳이 아프리카이고 인도이다. 두 나라를 여행하면 남은 인생에서 내가 무엇을 해야 하는지 깨달을 수 있다.

세계여행은 여기에서 끝내도 된다. 당신이 경제적, 시간적 여유가 있어 중동(이집트와 이스라엘), 남미(브라질과 멕시코 등)를 둘러본다면 최상의 여행 기록이고, 여행일지는 거기에서 마무리된다. 이제 조용히 고향으로 돌아가 사람들에게 베풀면서 살자.

아프리카나 인도를 20대에 여행하는 것도 큰 의미가 있다. 그러나 나는 반대다. 두 나라가 주는 인상이 너무 강렬해 자칫 인생길이 계획과 다르게 갈 수도 있다. 세상살이의 고생과 즐거움을 약간이나마 체득하고, 시시비비를 어느 정도 스스로 판단할 수 있고, 이른바 산전수전 공중전까지 다 치른 다음에 아프리카에 가라. 남은 인생에서 무엇을 해야 하는지 깨달을 수 있다.

탄자니아?

　공항에 내려 차를 타고 30분만 달리면 누구라도 입이 딱 벌어진다. 세
상에, 이런 나라가 있다니! 탄자니아^{Tanzania}는

　아프리카 대륙 동부 인도양에 면한 나라로, 정식 명칭은 United
Republic of Tanzania이며, 영국연방의 일원이다. 제2차 세계대
전 이후 UN의 영국 신탁통치령이었던 탕가니카^{Tanganyika}와 1890
년 이후 영국의 보호령이었던 잔지바르^{Zanzibar}가 1960년대 초에
각각 독립한 후, 1964년 합병하여 성립되었다.
　수도는 도도마^{Dodoma}. 그런데 대통령은 다르에스살람^{Dar es Salaam:}
평화의 항구라는 뜻)에 산다고 탄자니아 사람이 알려주었다. 언어는
스와힐리어와, 영어를 사용하는데 영어가 꽤 능통하다. 종교는

기독교(30%), 이슬람교(35%), 토착신앙(35%)이다. 히잡을 머리에 두르고 다니는 여성들이 꽤 많다. 화폐는 탄자니아실링인데 1달러가 대략 1600탄자니아실링이다. 1달러가 1100원 내외인 우리나라와 비교해 큰 차이가 없다.

인종 분포는 무척 다양하다. 많은 원시부족이 뒤섞여 살고 있으며 백인, 아시아인, 중동인도 많다. 인구는 4,800만이 약간 넘으며 80% 정도가 농업에 종사하고, 평균수명은 -안타깝게도- 50세 전후다.

한국인은 300여 명 정도(대부분 선교사와 가족, 기업 주재원)가 사는 것으로 추정된다. 우리나라와는 1992년에 수교를 맺었으나 주한 탄자니아 정식 대사관은 없고(일본에 있는 대사관이 아시아 여러 나라를 관할한다) 출장 사무소 형태로 서울 강남에 명예대사관이 있다. 비자를 발급 받으려면 이곳으로 가야 한다.

탄자니아에 대해서는 여기까지만 알아도 된다. 더 알고 싶다거나, 탄자니아에 눌러 살기를 바란다면 http://djdoorumi.blog.me/62525484를 참조하면 큰 도움이 된다.

이제 다른 의미에서 탄자니아를 살펴보자. 2013년 유엔이 발표한 〈세계 국가별 1인당 국민소득〉은 다음과 같다.

1위 카타르 102,100 (단위: 달러)

2위 리히텐슈타인 89,400

13위 미국 52,800

29위 독일 38,400

36위 일본 37,100

42위 한국 33,200

120위 중국 9,800

197위 북한 1,800

200위 탄자니아 1,700

228위 콩고민주공화국 400

물론 통계가 불확실한 국가도 몇몇 있다.

우리나라는 1980년에 1,719달러를 기록했다. 숫자만으로 비교하면 2013년의 탄자니아와 1980년의 한국이 어슷비슷하다. 그러나 실제로는 완전히 다르다. 2014년 탄자니아 모습은 한국의 1920년대와 똑같다. 어쩌면 그보다 더 못하다.

어찌되었던 탄자니아는 세계에서 가장 가난한 나라 중 하나라는 사실이다. 그러나 늘 강조하듯이 국민소득이 높다 해서 강대국이 아니며, 행복지수 역시 높은 것은 절대 아니다.

참고로 세계행복지수 Herpac City Guides (2014년 3월)를 보면

1위 브라질

2위 니카라과

18위 남아공

30위 룩셈부르크

33위 미국

62위 영국

91위 탄자니아

108위 카타르

123위 한국

124위 일본

물론 이 통계는 조사기관마다 들쭉날쭉하다. 미국 콜롬비아대학 조사
에서는 1위 덴마크, 11위 미국, 56위 한국이다. UN 〈세계 행복보고서〉의
조사도 각각 다르다. 또 어떤 조사에서는 1위가 부탄이고, 또 어떤 조사에
서는 남태평양 섬나라 바누아투가 1위로 나와 있다. 즉 어떤 항목을 대입
하느냐에 따라 결과가 달라진다.

변하지 않는 사실 하나는 '돈과 행복은 절대적인 관계가 없다'는 점이
다. 그럼에도 우리가 부인할 수 없는 또 하나의 사실은 '돈 많은 나라들
이 그렇지 않은 나라보다 일반적으로 더 행복하다'는 점이다.

오늘을 살아가는 한국인이 행복한지 아닌지는 각자가 판단할 몫이다.
마찬가지로 1인당국민소득에서 거의 꼴찌를 달리는 탄자니안들이 행복
한지 아닌지는 섣불리 말할 수 없다. 만약 나에게 "한국에서 살 것인가?
탄자니아에서 살 것인가?"라고 물으면 -참으로 생뚱맞은 질문이지만- 나는 단
언컨대, 탄자니아에서 살 것이다.

★ 아루샤, 뒤죽박죽의 도시

과 거 와   미 래 ,   원 초 와   문 명 이   함 께   숨   쉬 는   곳

도시가 되려면 몇 가지 구색을 갖추어야 한다. 사람이 있어야 하고, 집이 있어야 하고, 건물이 있어야 하고, 시장이 있어야 하고, 정류장이 있어야 한다. 덧붙여 학교도 있어야 하고 은행도 있어야 하고…여기에 극장이나 술집이 있다면 더 좋으리라.

사람이 사는 곳엔 으레 자동차가 있고, 자동차가 있으면 신호등이 있고, 신호등이 있으면 사람들은 그 신호를 지켜야 한다. 아루샤에서 내가 본 신호등은 딱 하나였고, 그 푸른등이나 빨간등을 지키는 사람은 단 한 명도, 한 대의 차도 없었다. 길을 달리다가 차가 멈추는 까닭은 빨간등에 걸려서가 아니라 앞차가 멈추었기 때문이다.

그럭저럭 국제화된 서울(인천공항)을 출발한 비행기가 거쳐 가는 곳은 카타르의 도하이다. 도하 국제공항에서 4~5시간을 기다리다 다시 킬리

만자로 국제공항으로 떠나는 비행기를 탄다. 도하에서 발견한 것은 '석유의 힘'이다. 이른바 오일달러의 위력을 여실히 실감할 수 있었다.

사람들은 인천공항이 세계에서 가장 크고 세련되고 편리하고 아름다운 공항 중 하나라고 말하지만 나는 느낌만으로 보았을 때 도하공항이 더 크지 않나 싶다. 특히 밤하늘에서 내려다본 도하는 휘황찬란하기 그지없었다. 미국의 여러 도시(샌프란시스코, 시애틀, 워싱턴, 뉴욕, 라스베이거스, 알래스카 앵커리지)와 일본(도쿄 나리타, 오사카), 태국(방콕)의 도시를 본 나로서는 도하보다 더 찬란한 도시를 보지 못했다.

그 찬란한 도하를 떠나 마주친 탄자니아 아루샤는 엄청난 쇼크였다. 돈을 '갈퀴로 긁어모으다시피 하는' 중동의 화려한 부자도시를 거쳐 세계에서 가장 가난한 도시에 발을 내디딘 나는 '도대체 이곳은 무엇인가?'라는 의문을 가지지 않을 수 없었다.

흑과 백, 과거와 미래, 원시와 문명, 따뜻함과 불안감이 공존하는 도시 아루샤는 인간의 원초가 살아있는 곳이다. 아스팔트를 벗어난 곳은 짙은 황토흙, 물웅덩이, 원색의 낡은 간판, 삐까뻔쩍한 오토바이들, 끝없는 노점상들, 고래고래 고함을 내지르는 달라달라(시내버스) 조수들, 도무지 끝날 것 같지 않은 외줄기 길…가도 가도 황톳길, 그 황량한 길가에 드문드문 서 있는 단칸 판잣집들, 그 위에 내걸린 빨간 코카콜라 광고….

흑인 원주민, 새빨간 천으로 온몸을 휘감은 마사이 부족 남자들, 교복 치마를 입고 친구와 손을 잡고 걷는 검은 여학생들, 소떼를 몰고 가는 낡은 옷의 소년들… 모두 어디를 향해 가는 것일까?

나는 이 도시의 엉망진창과 화려함, 가난과 부, 순박함과 불안함(밤 8시가 넘으면 대부분의 상점들은 문을 닫고, 슈퍼마켓은 총을 든 경비가 지킨다)에 마음을 빼앗

＊뉴욕(왼쪽 위)과 아루샤는 극과 극을 보여준다.

겼다. 지금까지 내가 본 도시 중 가장 멋지고 아름다운 곳이었다. 비록 4일밖에 머물지 않은 작은 도시였으나 내 가슴에 영원히 남을 곳이었다.

그대여, 거친 원시의 도시를 보고 싶다면 아루샤로 가라!

아루샤 Arusha

탄자니아 아루샤주^州의 주도^{州都}로 인구는 38만여 명이다. 해발고도 1350m의 고원이며 킬리만자로 남서쪽 80km에 있다. 연간 평균기온은 23.3℃로 크게 덥지 않다. 주위에는 기름진 땅이 펼쳐져 있으며 커피, 사이잘삼^麻, 제충국^{除蟲菊}(국화과의 여러해살이풀), 파파야 등의 집산지다. 서쪽에는 마니아라 호수, 세렝게티 국립공원 등이 있어 동아프리카 관광의 중심지 중 하나다. 항공로·도로·철도가 비교적 양호하다.

★ 킬리만자로! 어디에 있는가?

과 연 어 슬 렁 거 리 는 하 이 에 나 가 있 을 까

창조주는 참으로 공평해서 세계 각 대륙에 멋진 봉우리 하나씩을 선물했다. 세계 최고봉인 에베레스트^{Everest}(8848m, 네팔)는 아시아에 있다. 세계지도(한국적인 관점의)를 펼쳐놓고 보면 에베레스트는 세계의 한가운데에 우뚝 솟아 있다. 참으로 자랑스럽지 않은가.

북미에는 매킨리^{Macinley}(6194m, 알래스카), 남미에는 아콩카구아^{Aconcagua}(6959m, 아르헨티나+칠레), 유럽에는 엘브루즈^{Elbruz}(5642m, 러시아 코카서스), 오세아니아에는 칼스텐즈피라미드^{Carstenz Pyramid}(4999m, 뉴기니섬), 남극에는 빈슨매시프^{Vinson Massif}(4892m)가 있다. 그렇다면 아프리카에서 가장 높은 산은 어디일까?

우리에게 너무 익숙한 킬리만자로^{Kilimanjaro}(5895m, 탄자니아)이다. 킬리만자로는 스와힐리어로 '빛나는 산' 혹은 '위대한 산'이라는 뜻이다. 왜 그런

뜻을 가지고 있는지는 직접 가보면 안다.

킬리만자로라는 지명(혹은 단어)은 -딱히 그런 것은 아니지만- 1985년 조용필이 8집 앨범 〈허공〉을 발매하면서부터 한국인들에게 급작스럽게 알려지기 시작했다. 그 앨범에 실린 〈킬리만자로의 표범〉이 대히트를 쳤기 때문이다.

> 먹이를 찾아 산기슭을 어슬렁거리는 하이에나를 본 일이 있는가 / 짐승의 썩은 고기만을 찾아다니는 산기슭의 하이에나 / 나는 하이에나가 아니라 표범이고 싶다 / 산정 높이 올라가 굶어서 얼어 죽는 눈 덮인 킬리만자로의 그 표범이고 싶다 / 자고 나면 위대해지고 자고 나면 초라해지는 나는 지금 지구의 어두운 모퉁이에서 잠시 쉬고 있다
>
> — 작사 양인자, 작곡 김희갑, 노래 조용필

희한한 것은 거의 30년이 흐른 2014년에도 킬리만자로가 어디에 있는지 아는 사람이 많지 않다는 사실이다. 나 역시 그랬다. 저녁밥을 먹다가 "너 킬리만자로에 갈래?"라는 질문을 느닷없이 받고는 아무 망설임 없이

"그러지요"라고 대답하고는

"킬리만자로가 남미에 있나요?"라고 되물었다. 칠레 맨 아래에 있는(우리나라로 치면 땅끝마을) 산이 킬리만자로인 줄 알았다. 참으로 무식한 현대 한국인의 표상이었다. 그 후 내가 사람들에게 킬리만자로에 간다고 말하자 "히말라야에 있는 산인가요? 그곳은 엄청 추울 텐데"라고 걱정하는 사람이 부지기수였다.

한국인에게 두 번째로 유명한 산(첫 번째는 에베레스트)이면서 그 실체가 흐리멍덩한 산이 바로 킬리만자로이다.

킬리만자로는 아프리카 탄자니아에 있다. 원래는 케냐 땅이었다. 당시 케냐는 아프리카 최고봉인 킬리만자로와 두 번째로 높은 케냐산(Mt. Kenya, 5199m)을 모두 가지고 있었다. 그런데 우여곡절 끝에 탄자니아로 넘어갔다. 1961년, 탄자니아가 독립한 후 산꼭대기는 우후르(Uhuru, 자유)라는 이름을 얻게 되었다. 아프리카는 제2차 세계대전 이전에 네 나라만이 식민 지배를 받지 않았는데 그 역사를 설명하자면 복잡하기 그지없다. 여하튼 킬리만자로는 독일이 지배했었다는 사실만 기억하면 된다(여기에 대한 이야기는 뒤에서 설명한다).

아프리카는 적도의 나라이며 1년 내내 여름이다. 즉 눈이 내리지 않는다. 그런데 킬리만자로에는 눈이 내린다. 그 덕분에 산꼭대기는 만년설로 뒤덮여 있으며, 또 그 덕분에 '빛나는 산'이라는 이름을 얻었다. 간단하게 백산(白山)이라 부르기도 한다.

왜 UN 세계유산이 되었을까?

아프리카를 말이나 글로 표현하기란 대단히 어렵다. 원시, 자연, 흑인, 맨발, 동물, 가난, AIDS, 주술사, 추장, 피그미족, 사냥, 사막, 적도, 부시맨, 부족 갈등, 뜨거움, 식민지, 혼돈, 초원…이 모든 것이 섞여 있는 땅이 아프리카다. 그것도 뒤죽박죽으로.

킬리만자로 역시 말이나 글로 설명하기 대단히 어렵지만 한국인에게 묘한 호기심과 동경심을 안겨준다. 조용필의 노래처럼 정말 그곳에 표범이 있는지 궁금하기 때문이다. 알듯 하면서도 잘 모르는 킬리만자로가 어떤 곳인지 간략히 살펴보자(다음은 네이버 항목을 참조했다).

킬리만자로와 주변 초목지대는 20세기 초에 독일 식민정부에 의해 '사냥 금지구역'으로 지정되었다. 대략 1921년 전후다. 탄자니아 독립 후 1973년에 국립공원으로 승격되었고, 1987년에는 세계유산으로 등재되었다. 유산면적은 75,575*ha*(228,614,375평)이다. UN이 킬리만자로를 세계유산으로 선정한 이유는 다음과 같다.

> 킬리만자로는 세계에서 가장 큰 화산에 속하며, 키보Kibo(5895m) 마웬지Mawenzi(5149m), 시라Shira(3962m) 3개로 이루어져 있으며, 꼭대기는 눈과 빙하로 덮여 있다. 산 아래에서부터 꼭대기까지 1)사바나 관목림 지대, 2)산기슭 임간 농업 지대, 3)산지림, 4)아고산성 황야, 5)고산성 습지 등 주요 식생대 5개가 있다. 킬리만자로는 높이와 형태, 눈 덮인 봉우리, 평원 위에 홀로 솟아 있는 모습 등 여러 가지 특징들로 인해 최고의 자연 현상으로 간주된다.

여기에서 중요한 것은 '최고의 자연 현상'이라는 점이다. 킬리만자로 서쪽 꼭대기에는 울퉁불퉁한 바위, 봉우리, 협곡들이 많다. 동쪽에는 깊은 대협곡과 소협곡 위로 계곡과 암벽들이 1000m 가량 솟아나 절벽을 이룬다.

식물은 2500종이 자라는데, 그중 1600종이 남쪽 산비탈에, 900종이 삼

림지대에서 서식한다. 또 동물들은 영장류 7종, 육식동물 25종, 영양 25종, 박쥐 24종 등 포유류 140종(87종이 숲에 서식), 조류 179종을 비롯하여 매우 다양한 생물종이 살고 있다.

백과사전적인 설명만으로는 킬리만자로의 모습을 그려보기란 어렵다. 또 300종이 넘는 동물이 산다고 설명되어 있으나 아쉽게도 그 동물들을 직접 보기란 어렵다. 킬리만자로의 실제 모습을 보려면 -너무 당연하게도- 직접 그곳에 가야 한다. 가서 첫발을 내딛으면 왜 킬리만자로가 세계유산인지 금방 깨닫게 된다.

킬리만자로는 1848년 독일 선교사 레프만Rebmann과 크라프Krapf에 의해 유럽에 처음으로 알려졌다. 그러나 유럽인들은 아프리카에 만년설이 있다는 것을 믿지 않았다. 1889년 10월 5일, 독일 지리학자 한스 메이어Hans Heinrich Josef Meyer(1858~1929), 오스트리아 산악인 루드비히 푸르첼러Ludwig Purtscheller(1849~1900), 가이드 요나스 로우와Jonas Louwa가 최초로 킬리만자로 정상에 오름으로써 만년설이 존재한다는 것을 입증했다.

이후 킬리만자로는 전 세계 산악인들의 필수 코스가 되었고 이제는 평범한 모든 사람들의 사랑을 받는, 그리고 '죽기 전에 꼭 올라야 하는 산'으로 꼽히고 있다.

나는 과연 킬리만자로에 오를 수 있을까?

당신은 100m를 30초에 달리고, 턱걸이를 겨우 2개 정도 할 만큼 체력

* 서구인 중 최초로 킬리만자로에 오른 한스 메이어 기념비.

이 약한가?

당신은 여태까지 산을 오른 적이 한 번도 없는가?

당신은 산을 30m만 올라도 숨이 턱턱 막히는가?

당신은 오른쪽 혹은 왼쪽 다리 하나가 없는가?

당신은 팔 하나가 없는가?

당신은 70세가 넘어 기력이 다 떨어졌는가?

그래서 킬리만자로에 오를 수 없다고 생각하는가?

아니, 오를 자신이 없다고 생각하는가?

그 생각은 당연히, 어리석다. 어떤 최악의 상황에 당신이 처해 있다 해도 오를 수 있다. 오르겠다는 의지만 있다면 당신은 오를 수 있다. 5895m 정상에 깃발을 멋지게 꽂을 수 있다.

그러므로 떠나라. 두 눈 딱 감고 킬리만자로에 첫발을 내딛은 뒤 뽈레 뽈레(천천히) 오르면 만년설로 뒤덮인 아프리카 최고봉을 가슴에 담을 수 있다.

그 장대하고, 장쾌하고, 유려하고, 신비스럽고, 포근하고, 존경스럽고, 아름답고, 거대하고, 혼미스러운 모습을 보고 싶다면 지금 당장 떠나라. 아무 망설임 없이.

얼어 죽을 각오로 어슬렁거리는 표범이 되어라.

★
즐거운 여행과 괴로운 여행

여 행 1 0 계 명

마쓰오 바쇼松尾芭蕉 (송미파초)는 일본 에도시대의 하이쿠俳句 작가다. 즉 시조시인이라 할 수 있다. 1644년(조선 인조 시대)에 태어나 1694년(숙종 시대)에 사망한 그는 일본 각지를 여행하면서 많은 기행문과 명구를 남겼다.

그동안 내가 읽은 책들과 시들 중에서 바쇼의 詩 '여행규칙'보다 더 여행에 대해 명확하고 교훈적인 글은 없었다. 요약하자면,

"같은 여인숙에서 두 번 잠을 자지 말고,
몸에 칼을 지니고 다니지 말라. 살아있는 것을 죽이지 말라.
옷과 일용품은 꼭 필요한 것 외에는 소유하지 말라.
특별한 음식이나 맛에 길들여지는 것은 저급한 행동이다. '먹는
것이 단순하면 무슨 일이든 할 수 있다'는 말을 기억하라.

위험하거나 불편한 지역에 가더라도 여행하기를 두려워하지 말라. 꼭 필요하다면 도중에 돌아서라.

말이나 가마를 타지 말라. 자신의 지팡이를 또 하나의 다리로 삼으라.

술을 마시지 말라. 어쩔 수 없이 마시더라도 한 잔을 비우고는 중단하라. 온갖 떠들썩한 자리를 피하라.

다른 사람의 것은 바늘 하나든 풀잎 하나든 취해서는 안 된다.

하룻밤 재워주고 한 끼 밥을 준 사람에 대해선 절대 당연히 여기지 말라.

저녁에 생각하고, 아침에 생각하라. 하루가 끝날 무렵에는 여행을 중단하라."

여행! 떠올리기만 해도 즐거운 단어다. 피크닉, 소풍, 원족, 베케이션, 휴가, 홀리데이, 야유회, 들놀이, 견학, 답사, 수학여행…모두 비슷한 카테고리다.

명칭이야 무엇이든, 집과 일을 떠나 잠시나마 몸과 마음을 쉬면서 즐거움을 만끽하는 것이다. 그리고 새로움을 가득 안고 돌아와 새출발하는 것이다. 그래서 여행은 아름다워야 한다.

나 하늘로 돌아가리라
아름다운 이 세상 소풍 끝내는 날
가서, 아름다웠더라고 말하리라

– 천상병 詩 〈귀천〉 중에서

그렇다면 어떻게 해야 아름답고 즐거운 여행을 할 수 있을까?

1. 여행의 목적을 분명히 하라

　- 관광, 등산(트레킹), 친목 도모, 휴식, 술 마시기, 비즈니스, 사랑, 원
　　시문화 탐방, 이국문화 탐방, 자료수집, 사진 촬영, 가족화합, 쇼핑
　　중 무엇을 목적으로 할 것인지 분명히 정하라.

2. '어디를 가느냐' 보다 더 중요한 것은 '누구와 함께 가느냐' 이다.

　- 이는 누구나 공감하는 사항이다. 멋진 곳, 아름다운 곳, 낯선 곳을
　　가는 것은 즐거운 일이지만 그 동반자가 당신과 맞지 않으면 여행
　　이 아니라 고문이 된다. 특히 해외로 나가는 여행, 고난이도의 여
　　행, 장기간의 여행일 때는 반드시 마음이 맞는 동반자와 함께 떠나
　　라. 만일 그런 동행자가 없으면 차라리 혼자 가는 것이 훨씬 낫다.
　　나는 킬리만자로 등정에서 홀로 여행 온 사람을 많이 만났다. 놀랍
　　게도 10명 중 4명은 홀로여행객이었으며 그중 2명은 여성이었다.
　　어중이떠중이 모여 혼란만 가중되고 스트레스를 받을 바에야 미
　　련없이 혼자 떠나라.

3. 가장 편한 옷, 짐은 가볍게.

　- 우리나라 사람의 단점 중 하나는 '과시'이다. 예전에 한 신문에
　　서 '뒷동산 가는데 복장은 에베레스트'라는 식의 제목으로 우리나
　　라 등반객들의 옷 과시를 비판한 적이 있다. 나는 이 말에 적극 동
　　의한다. 여행은 자신을 과시하러 떠나는 것이 아니다. 마음을 쉬
　　고 낯선 곳을 탐방하고 이방인의 삶에 공감하기 위해 떠나는 것이
　　다. 특히 아프리카, 킬리만자로로 떠날 때는 자신이 가진 옷 중에

서 가장 낡은 옷을 입고 가라. 정상 오름이 목적이지 비싼 브랜드를 자랑하러 떠나는 것이 결코 아니다.

4. 현지인과 대화를 많이 하고, 궁금한 것은 무조건 물어라.

– 여행은 현재를 잊고 낯선 곳으로 떠나는 것이다. 역사 유적과 자연, 생활의 모습을 보는 것도 중요하지만 현지에서 만난 사람들과 이런저런 대화를 나누는 적극적 자세가 필요하다. 영어울렁증이 있다 해서 낯선 사람과 대화하는 것을 주저하지 마라. 먼저 다가가 말을 건네면 상대 역시 친절하게 대답해준다.

5. 망설이지 말고 빨리 결정하라(모든 것은 직접 부딪쳐 보아야 알 수 있다).

– 이곳으로 가야 할지, 저곳으로 가야 할지 감이 잡히지 않을 때가 있다. 이것이 비싼지 싼지 알 수도 없다. 먹어야 할지 말아야 할지 판단하기 어려울 때가 있다. 그럴 때 결코 망설이지 마라. Yes든 No든 판단을 빨리 하라. 나중에 후회하더라도 판단을 빨리 하는 것이 좋다. 후회보다 더 나쁜 것은 망설임에 따른 스트레스다.

6. 사소한 것들을 모아라. 기록하고 찍어라.

– 각 나라에는 그 나라만의 특징이 있다. 아무리 여행을 많이 다닌다 해도 똑같은 나라를 두 번 이상 방문하기란 어렵다. 내 평생에 마지막 여행이라 생각하고 그 나라의 사소한 것들을 모아라. 예컨대 성냥, 신문, 돌맹이, 나뭇조각, 뱃지, 컵 등이다. 나는 여행을 떠나면 그 나라의 신문을 1부 이상 구매하고, 도시 이름이 새겨진 컵을 반드시 산다. 또 병뚜껑을 주워 모은다. 돌맹이도 하나 이상 가져온다. 이러한 것들은 많은 돈이 들지 않으며 시간이 지나면 추억을 되새길 수 있다. 사진을 찍는 것은 일러 말할 필요도 없다. 디지

털 카메라가 없으면 스마트폰으로도 사진을 수백 장 찍을 수 있다. 이 역시 돈이 들지 않는다.

7. 이면에 감추어진 모습을 보라.

- 겉으로 드러난 것은 모두 화려하다. 찬연한 역사유적과 높은 빌딩은 눈을 휘둥그레하게 만든다. 그 모습도 충분히 보아야 하지만 더 중요한 것은 그 이면에 감추어진 사람들의 실제 살아가는 모습이다. 뉴욕에 가면 높고 멋진 빌딩만 바라보는데 정신을 팔지 말고 그 빌딩을 청소하는 청소부의 노동도 눈여겨보라. 그것이 바로 인간의 참모습이다.

8. 잘사는 나라에서는 인색하고, 못사는 나라에서는 베풀어라.

- 미국에서는 모든 행위마다 팁을 지불해야 한다. 식당에서 밥을 먹은 후, 호텔(혹은 모텔)에서 잠을 자고 나온 후, 택시를 탔을 때도 팁을 지불해야 한다. 미국에 처음 간 사람이나 가보지 않은 사람은 "팁을 꼭 주어야 하나?"라고 저항감을 갖지만 팁은 미국 생활의 일부이므로 주지 않을 수 없다. 단 미국은 부자 나라이므로 최대한 적게 주도록 하고, 물건을 살 때도 가급적 많이 깎아야 한다. 그러나 우리보다 못사는 나라, 예컨대 탄자니아에 갔을 때는 가급적 팁도 자주 주고, 물건 값을 깎으려 하지 마라. 그것이 세계의 공동 번영과 평화에 작게나마 이바지하는 길이다.

9. 종교, 정치, 이념은 까마득히 잊어라.

- 일러 말할 것이 없는 사항이다. 그럼에도 종교를 강조하고, 정치에 대해 논하려는 사람들이 있다. 종교나 정치, 이념은 각 개인의 믿음이자 취향임을 잊지 말자. 한국을 떠나 중동의 카타르로 가는 비

행기 안에서 '예수천국 불신지옥'이라 외치며 큰소리로 기도를 올리는 목사를 보았다. 종교에 대한 신념이 아니라 기독교에 대한 반발만 불러일으킨다.

10. 탐험은 하되 모험은 하지 마라.

- 탐험은 낯선 곳을 구석구석 살피는 것이다. 흥미롭고 신기한 것을 찾아 느끼는 것은 좋지만 위험한 상황에서 모험을 하는 것은 좋지 않다. 치안이 안전하지 않은 나라에서 밤늦게 시내를 구경하고 싶다면 반드시 현지 가이드와 동행하라. 자신의 용기를 과신해 혼자 돌아다니는 것은 목숨을 건 부질없는 모험이다.

• 더불어 KOREA의 위상을 높여라.

- 해외를 여행하면 한국의 위상이 많이 높아졌음을 저절로 깨닫는다. 옛날에는 어땠는지 알 수 없으나 이제 '코리아(혹은 코레아)'라고 말하면 대부분의 외국인들은 "쎄율?"이라고 되묻는다. "South Korea? North Korea?"라고 묻는 사람은 극히 드물다. 그 위상에 걸맞게 행동해야 한다. 어글리코리안이라는 단어는 이제 사라지고 있다. 한국의 이미지가 좋아질수록 혜택을 받는 사람은 바로 나 자신임을 잊지 말자.

★ 무엇이 필요하고, 무엇이 필요없을까?

가방은 최대한 가볍게 하자

탄자니아·킬리만자로 여행은 준비물의 완벽성에 따라 정상 오름의 성패가 갈릴 수 있고, 여행의 기쁨이 달라진다. 불필요한 것은 절대 가져갈 필요가 없지만 정작 중요한 것을 빠뜨리면 낭패에 빠질 수 있다(그럼에도 인간은 난관에 부딪치면 헤쳐 나갈 지혜가 있으므로 미리 걱정할 필요는 없다). 특히 아루샤를 떠나 마랑구 게이트에 도착하면 이후 6일 동안 전기가 없다는 점을 명심해야 한다. 또 기나긴 밤과도 지긋지긋하게 투쟁해야 한다.

'잠'과 '밥'은 '고산증', '저질체력'과 더불어 킬리만자로 등정의 가장 큰 적이다. 아름다운 등정, 평생 남을 추억, 자신과의 처절한 싸움에서 이기려면 준비를 철저히 해야 하고 시간을 효율적으로 활용하는 지혜와 끈질긴 인내심이 있어야 한다. 다음의 준비물이 그대를 정상 오름의 길로, 그리고 즐거운 탄자니아 여행으로 안내할 것이다.

누구든 3개월 전에는 여행 일정을 잡는다. 아무리 급작스레 출발한다 해도 최소 2달 전에는 일정이 잡힐 것이다. 그동안 해야 할 일이 있다. 황열병 예방접종과 비자 발급은 필수다. 이 2가지가 없으면 탄자니아 입국이 불가능하다.

황열병 예방접종에 대해서는 인터넷에 무수히 소개되어 있다. 예방주사를 맞은 뒤 반드시 말라리아 약을 처방받아 구입하라. 말라리아 약은 체류 일정에 따라 달라진다. 접종과 약 구입에 드는 돈은 10만원이 넘는다. 예방접종을 하기 위해서는 여권이 꼭 있어야 하고, 주사를 맞은 뒤 5일~1주일 정도 지나면 몸이 심하게 아파 2~3일 드러누울 수 있다. 자신의 스케줄에 맞춰 주사를 맞아야 한다. 그러나 몸이 아프지 않을 수도 있으므로 미리 걱정할 필요는 없다.

만약 한국에서 비자를 받지 못하면 탄자니아에 도착해 공항 출입국에서 발급받을 수 있으나 의사소통이 원활하지 못하므로 미리 발급받는 것이 좋다. 비자 발급(주한 탄자니아 명예대사관)에는 7만 원 정도가 필요하다.

그 다음에는 체력을 기르는 것이다. 평소에 체력이 강하고 한 달에 2회 이상 산에 오르는 사람, 마라톤을 즐겨하는 사람, 운동에 선천적으로 강한 사람은 큰 문제가 없지만 그렇지 못한 사람은 출발 전에 최소 3회 이상 등산을 해야 한다. 그렇

★ 탄자니아 비자

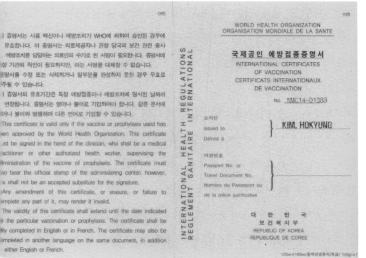

* 탄자니아에 가기 위해서는 반드시 〈황열병 접종 증명서〉가 있어야 한다.

다 해서 죽을 각오로 높은 산을 오를 필요는 없다. 북한산을 1주 간격으로 3회 정도 오르면 충분하다.

다음은 섹스의 문제다. 섹스가 체력에 어떤 영향을 미치는지는 정확히 말할 수 없다. 그러나 심리적으로 부정적 느낌을 주는 것은 확실하다(물론 남자와 여자는 다르지만 이 책에서는 남자를 기준으로 한다). 그러므로 참기 어렵다 해도 떠나기 1개월 전에는 섹스를 하지 말 것을 권한다. 정상 정복 후 한국으로 돌아와 40일 만에 섹스를 하면 그 기쁨은 더욱 커질 것이다. 만일 정상 오름에 실패하면 '그때 섹스를 하지 말았어야 했는데'라는 애먼 후회가 들 것이다.

평소에 앓고 있는 질병이 있다면 어느 정도 치료를 하고 떠나라. 나는 마지막 키보 산장에 올랐을 때 고산증이 찾아왔는데 느닷없이 치통도 엄습했다. 극심한 두통, 오한, 구토, 치통, 체력저하(다리 풀림)가 동시에 찾아와 단 10m도 오를 수 없었다. 출발 전에 감기에 걸렸거나, 치통이 있거나, 발에 티눈이 있거나, 손가락에 골절을 입었거나, 만성 편두통이 있다면 반드시 어느 정도 -완치는 아니라 해도- 치료를 한 후 떠나라. 정상 오름의 가장 큰 걸림돌이 된다.

이제 시간을 극복하는 문제다. 세상에서 가장 지겨운 일의 하나는 비행기를 타는 것이다. 비행기를 한 번도 타보지 못한 사람은 '아! 비행기를 타면 얼마나 멋있을까?'라는 환상을 갖지만, 한번만이라도 타본 사람은 끔찍함에 고개를 내젓는다. 요즘은 비행기 각 좌석마다 모니터가 장착되어 있어 영화도 보고, 게임도 할 수 있으나 이는 3~4시간에 불과하다. 10시간 이상 비행기를 타는 일은 완벽한 지루함이자 시간 낭비다.

나의 비행기 경력은 20여 회에 불과하지만 그때마다 '무엇을 할까?'

고민했다. 오랜 고민 끝에 찾아낸 답은 뜨개질이다. 책이나 오락, 영화, 잠, 대화보다 더 재미있고, 효율적이고, 가치 있다. 남자라 해서 뜨개질을 못할 이유가 없으며, 손이 거칠다 해도 천천히 하면 누구라도 뜨개질을 할 수 있다. 탄자니아로 떠나기 전에 가장 손쉬운 뜨개질 기법을 배워 비행기 안에서, 킬리만자로 산장에서 긴긴 밤을 보내며 뜨개질을 하기 바란다.

한국에서 출발해 아루샤에 도착할 때까지 충분히 모자 하나를 만들 수 있다. 또 산장에서 6일 동안 또 하나의 모자를 뜰 수 있다. 그 모자를 마사이족이나 탄자니아 어린이에게 선물하면 일석이조의 효과를 거둔다. 그러므로 출발 1개월 전에 뜨개질 기법을 익혀라. 즐거운 여행의 동반자가 될 것이다.

비 용 은   얼 마 나   들 까 ?

천차만별이다. 당신이 돈이 많으면 1천만 원을 가져가도 되지만 10일 일정에 드는 돈은 최소 400만원 내외다. 여행경비로 300만원을 내고, 준비 비용으로 30만원을 쓰고, 탄자니아에서 쓸 돈으로 50만원을 환전해 가면 된다. 50만원 중에서 가이드·포터 비용으로 20만원 정도를 지불해야 한다.

면세점에서는 카드를 쓸 수 있고, 탄자니아에서도 카드가 가능하지만 현금(달러)은 반드시 있어야 한다. 탄자니아는 가난한 나라임에도 물가가 높은 편이다(공산품을 생산하는 수준이 높지 않기 때문이다). 일례로 보통의 담배 1갑이 2.2달러 내외다. 우리나라 담뱃값 2,500원과 큰 차이가 없다. 나는 길거리에서 담배 2갑을 샀는데 7달러를 달라고 해서 깜짝 놀랐다. 협상을 해서 5달러로 깎았다.

준 비 물

: 다음의 준비물을 하나하나 챙겨라.

·여권 / 비자	·복사본(분실 대비용)	·비자용 사진 5장
·항공권	·황열증명서	·복사본(분실 대비용)
·여행자보험증	·신용카드	·현금(달러 및 원화)
·주민등록증	·지갑	·카고백
·번호 자물쇠	·배낭	·침낭
·스틱 2개	·물병	·파카
·자켓	·바지 3	·팬티 5
·런닝셔츠 5	·반팔 상의 2	·긴팔 상의 3
·우의	·등산용 장갑	·스키장갑
·두건	·비니	·모자
·선글라스	·등산화	·운동화(꼭 필요하지는 않음)
·슬리퍼	·양말 7	·반바지 1
·헤드램프 및 여분 배터리	·립크린	·로션

- 비누
- 타올 2
- 롤휴지
- 핸드폰 및 배터리
- 코감기약
- 깃발(자신의 이름이 새겨진)
- 말라리아약
- 맥가이버 칼
- 술(팩소주)
- 여성 물품
- 태극기

- 칫솔, 치약, 면도기
- 손수건 2
- 비닐봉투 (투명 및 검정 : 소, 중 각 5개)
- 핸드폰 연결선
- 손목시계
- 철사 옷걸이 3
- 손톱깎이
- 수첩, 볼펜
- 담배와 라이터(권하지 않음)
- 손거울
- 오락용품(자석 바둑, 화투, 카드)

- 물티슈
- 선크림
- 대용량 배터리
- 두통약
- 근육통 연고
- 핫팩 6
- 대일밴드
- 3M 귀마개
- 끈(10m 정도)
- 디지털카메라

음 식 물

: 정상에 오르기 위해서는 음식 준비가 철저해야 한다. 모든 음식은 5일분(15끼)이면 충분하다.

- **초콜릿, 사탕, 캐러멜** 각 1봉지씩. 산을 오를 때 수시로 먹어라. 가이드 · 포터들에게도 수시로 하나씩 주어라.
- **고추장** 튜브에 담긴 고추장.
- **멸치** 멸치볶음을 해서 플라스틱 통에 담아가라.
- **커피믹스** 탄자니아 커피가 나오기 때문에 굳이 가져갈 필요는 없다.

산에 오르면 팔팔 끓는 물은 구경하기 어렵다.

- **라면스프** 라면스프만 모아서 가져간 뒤 요리사에게 국물로 끓여달라고 하면 된다.

- **김치** 플라스틱통에 담아가라. 볶음김치를 가져가도 된다. 매우 시어지겠지만 없는 것보다는 100배 낫다.

- **쌀** 탄자니아 쌀(라이스)로 밥을 하면 바람이 불면 흩어진다. 우리 쌀을 주고 밥을 해달라고 부탁하면 된다.

- **과일통조림** 잘 아껴두었다가 정상(우후르피크)에서 내려올 때 먹으면 큰 도움이 된다.

- **누룽지** 요리사에게 끓여달라고 부탁하면 된다. 보온병에 넣어 산을 오르고 내릴 때 먹어라.

- **꽁치통조림** 요리사에게 끓여달라고 부탁하면 된다.

- **김** 마트에 가면 낱장으로 포장된 것이 있다.

- **스팸 통조림**

- **라면** 컵라면은 권하지 않는다.

- **깻잎 통조림**

- **마늘** 생마늘도 좋고, 조리된 마늘도 좋다.

- **참치 통조림**

- **전투식량** 요즘은 마트에서도 전투식량을 판다. 군대를 갔다온 남자는 사용법을 잘 알 것이다.

- 요리사에게 음식 조리를 부탁할 때는 미리 팁을 1~2달러 정도 주어라.

그 외 에

• 킬리만자로로 떠날 때는 일반적인 트렁크(캐리어)가 아니라 카고백을 가져가야 한다.
• 무게는 최대한 가볍게 하라.
• 자신의 이름을 새긴 작은 깃발을 만들어 정상에 올랐을 때 사진을 찍으면 멋있다.
• 킬리만자로 등정을 시작하면 6일 동안 전기가 없다. 이때를 대비해 대용량배터리를 가져가야 한다. 가격은 6만원 내외다. 만일 핸드폰을 전혀 사용하지 않고, 사진을 찍지 않는다면 굳이 구입할 필요는 없다.

그 다 지 도 움 이 안 되 는 것

• **햇반** 많은 인터넷 사이트에서는 햇반을 추천하지만 막상 산장에서는 먹기 어렵다.
• **모기약** 3000m 이상의 산에 모기가 있을까? 내 경험으로 모기, 날벌레는 없었다. 호롬보 산장에서는 산쥐(다람쥐와 비슷하다)들이 발밑으로

돌아다니지만 놀라거나 당황할 필요는 없다. 그저 그러려니 하면 된다.

- **옷** 두꺼운 옷을 많이 가져가면 짐만 무겁다. 꼭 필요한 것만 가져가면 된다.
- **아이젠** 우후르피크 정상에 오르면 태고의 빙벽과 만년설을 볼 수 있지만 그곳을 직접 밟지는 않으므로 아이젠은 필요 없다.

말이 통해야 만사가 수월하다

간 단 한   스 와 힐 리 어 를   배 워 보 자

고등학교 3학년(1979년) 때 어느 대학, 어느 과에 진학할까 이리저리 찾아보다가 한국외국어대 입시안내문에서 스와힐리어라는 낯선 과를 처음으로 발견했다. 나를 포함해 친구들은 이러쿵저러쿵 떠들어대다가 스와힐리어과는 스위스어과라고 결론 내렸다. 스위스의 정식 명칭이 Switzerland라고 누군가 말했기 때문이다. 우리는 모두 동의했다.

3년 후 내 동생이 한국외대 일본어과에 진학하면서 스와힐리어는 아프리카 언어라는 사실을 처음으로 알게 되었다. 참으로 무식하고, 우물 안 개구리의 삶을 살았던 것이다.

미국 대통령 버락 오바마의 정식 이름은 Barack Hussein Obama II이다. 여기에서 Barack은 스와힐리어에서 따온 것으로 '신의 축복을 받은 자'라는 뜻이다. 자칫 막사, 병영을 뜻하는 Barrack(바라꾸)로 생각할 수 있

지만 아프리카어이다. 어원을 거슬러 올라가면 아랍어 mubarrak에서 온 말이다

　스와힐리어_{Swahili}는 아프리카 최대의 언어 중 하나다. 동아프리카 지역에서 가장 많이 사용되는 공통어로 탄자니아, 케냐. 우간다, 콩고민주공화국, 르완다, 부룬디, 말라위에서 통용된다. 그러나 아쉽게도 문자는 없다. 소리나는 대로 표기한다. 과거에는 아랍문자를 썼지만 현재는 로마자(알파벳)를 사용한다. 예컨대 "Utupe leo chakula chetu"라는 문장이 있다면 당황하지 말고 그대로 읽으면 된다. "우투페 레오 차쿨라 체투"

　탄자니아에서는 2가지 언어가 통용된다(이는 세계 모든 나라가 비슷하다). 스와힐리어는 공식 언어이기에 모든 사람이 사용하고, 영어를 말하는 사람이 꽤 많다. 우리와 동행한 가이드·포터들의 학력을 알 수는 없지만 -적어도 대학은 나오지 않은 것으로 추정된다- 그들 모두 영어를 자유자재로 말했고, 쓰는 것도 척척했다.

　탄자니안들이 네이티브 스피커가 아니기에 미국인이나 영국인처럼 영어가 세련되지는 않았으나 대화를 하는 데 아무런 지장이 없다. 당신이 기본적인 일상회화를 구사할 수 있다면 충분히 대화를 나눌 수 있다.

　탄자니아·킬리만자로를 여행하면서 스와힐리어를 쓸 경우는 드물다. '뽈레뽈레'와 '잠보'라는 단어만 알아도 된다. '천천히', '안녕'이라는 뜻이다. 여행을 떠나기 전 여행사에서 몇 가지 스와힐리어를 보내주었고 잠깐 공부를 한 후 노트에 옮겨 적었다. 둘째 날, 가이드·포터들이 호텔로 왔는데 그중 한 명이 우리에게 첫마디로 잠보라고 말했다.

　나는 잠보가 그의 이름인 줄 알았다! 몇 분 후에야 안녕이라는 인사말

임을 깨닫고 무척이나 미안한 마음이 들었다. 여행사에서 가장 중요한 단어를 빠트린 것이다.

킬리만자로를 등정하다보면 오르고 내리는 숱하게 많은 아프리카 사람들을 만난다. 오며가며 건네는 인사는 잠보이다. 그저 손을 들어 경쾌하고 다정하게 '잠보'라고 말하면 된다. 그런데 당신은 분명 잠보에 익숙해 있을 것이다.

1983년 케냐의 밴드 뎀 머슈룸Them mushrooms은 '잠보 브와나Jambo Bwana'라는 노래를 발표했다. 영어로 하면 Hello mister이다. 케냐에 오는 관광객들을 환영하는 노래로 매우 흥겨우면서도 정답다. 누구라도 한번 들으면 그 경쾌함과 단순함, 다정함에 매력을 느껴 세계 각국으로 퍼졌으며, 아프리카를 대표하는 노래의 하나로 꼽힌다. 우리나라의 유치원과 초등학교에서도 이 노래를 부른다. 아프리카에서 온 어린이합창단이 KBS 2TV 〈남자의 자격〉에 출연해 이 노래를 불러 큰 인기를 끌었다.

Jambo, Jambo bwana(잠보, 잠보 브와나)

　안녕하세요, 안녕하세요 손님

Habari gani, mzuri sana(하바리 가니, 음수리 사나)

　잘 지내세요, 아주 좋아요

Wageni, wakaribishwa(와게니, 와까리비슈와)

　외국에서 오신 분들, 반가워요

Kenya yetu Hakuna matata(케냐 예투 하쿠나 마타타)

　케냐는 아무 문제 없어요

Kenya nchi nzuri(케냐 은치 은수리)

케냐는 아름다운 나라

Nchi ya maajabu(은치 야 마아자부) 신비로운 나라

Nchi ya kupendeza(은치 야 쿠펜데사) 어여쁜 나라

하쿠나 마타타Hakuna Matata는 일러 설명할 필요가 없는 세계적인 명구다. 1994년 애니메이션 영화 〈라이온킹〉에 등장하면서 스와힐리어의 대표 주자가 되었다. 구글이나 유튜브에 들어가면 잠보 브와나를 감상할 수 있다. 뒤에서 소개할 '킬리만자로 댄싱'도 알고 보면 이 노래다. 그때는 몰랐었는데 지금 생각해보니

Kenya yetu Hakuna matata를

Kilimanjaro yetu Hakuna matata로

바꿔서 불렀었던 것 같다. 뭐, 여하튼 흥겨우면서 정답고 그러면서도 서글픈 느낌이 있는 것은 사실이다.

이외에도 우리 귀에 익숙한 스와힐리어 노래는 또 있다.

'문명하셨습니까?'로 유명한 인터넷 게임 〈문명 4〉Sid Meier's Civilization IV에 스와힐리어 합창이 나온다. 작곡가 크리스토퍼 틴Christopher Tin이 작곡한 'BaBa Yetu'(바바 예투)이다. BaBa Yetu는 '우리 아버지'라는 뜻이며 아프리카 주기도문을 바탕으로 만들어졌다. 〈문명 4〉에서 이 노래가 타이틀 곡으로 들어가 세계적으로 알려지게 되었고 많은 사람들의 사랑을 받았다. 또한 2011년 2월 13일 제53회 그래미상에서 최우수 편곡보컬상과 최우수 크로스오버 클래식 앨범상을 수상했는데, 이는 게임음악 사상 최초의 수상이다. 사람들은 이렇게 말했다.

"그래미도 결국 문명하셨습니다."

Baba yetu yetu, uliye(바바 예투 예투 울리에) 우리 우리 아버지시여

mbinguni yetu yetu, A mina!(음방구니 예투 예투 아미나)

　하늘에 계신 분이여, 아멘!

Jina lako litukuzwe(지나 라코 리투쿠즈웨)

　그 이름이 거룩히 빛나소서.

Utupe leo chakula chetu(우투페 레오 차쿨라 체투)

　오늘 우리에게 일용할 양식을 주시고

Tunachohitaji utusamehe(투나초히타지 우투사메헤)

　우리에게 잘못한 사람을

Makosa yetu, hey!(마코사 예투 헤이) 우리가 용서하오니

Kama nasi tunavyowasamehe(카마 나시 투나브요와사메헤)

　우리 죄를 용서하시고

Waliotukosea usitutie(왈리오투고세아 우시투티에)

　우리를 유혹에 빠지지 않게 하시고

Katika majaribu, lakini(카티카 마자리부 라키니) 악에서 구하옵소서

(이하 생략)

　역시 구글이나 유튜브에 들어가면 합창 동영상을 볼 수 있다. 무척 장중하고 아름답다. 종교적인 관점을 떠나 스와힐리어 합창을 들어보자.

기 본 적 인 스 와 힐 리 어

: 여행을 떠나기 전에 스와힐리어 몇 마디라도 익혀보자.
출력을 해서 수첩에 붙인 뒤 필요할 때 펼쳐보면 매우 도움이 된다.

- 안녕하세요 : 잠보
- 아니오 : 하빠나
- 당신 : 웨웨
- 얼마에요? : 응가삐?
- 고맙습니다 : 아산테 사나
- 없다 : 하쿠나
- 문제 있어요 : 쿠나 마타타
- 천천히 : 뽈레뽈레
- 피곤해 : 니메초까

- 포크 : 우마
- 화장실 : 츄
- 오렌지 : 쭝과
- 도둑이야 : 음위지
- 안녕히 계세요 : 과하리

- 네 : 은디요
- 나 : 미미
- 돈 : 뻬사
- 비싸다 : 니 갈리
- 있다 : 쿠나
- 문제 없어요 : 하쿠나 마타타
- 실례합니다 : 사마하니
- 빨리빨리 : 하라카 하라카
- 물 : 마지

- 스푼 : 키지코
- 밥 : 왈리
- 바나나 : 은디지
- 반갑습니다 : 카리부

킬리만자로 가는 길

지 루 함 은   어 쩔   수   없 다

세계지도를 펼쳐놓고 바라보면 한숨이 절로 나온다. 한국의 서울을 출발해 아프리카 탄자니아의 킬리만자로까지 도대체 언제 간단 말인가?

빨리 가나, 늦게 가나 24시간이 꼬박 걸린다.

킬리만자로에 가는 방법은 배낭여행과 여행사를 통한 패키지가 있다. 낯선 나라에 두려움이 없고, 영어로 의사소통이 어느 정도 가능하고, 해외여행 경험이 많고, 오로지 킬리만자로 등정이 목적이라면 배낭여행이 좋다. 인터넷을 통해 항공사, 호텔, 탄자니아 가이드를 예약해서 떠나면 된다. 이는 본인 스스로 많은 시간과 노력을 들여야 한다. 그만큼 비용은 절약된다.

여행사를 통한 방법은, 일반 종합 여행사보다는 트레킹 전문여행사가 좋다. 예컨대 에베레스트, 몽블랑, 킬리만자로 등을 전문으로 하는 트레킹 여행사가 좋고 가격도 더 저렴하다.

킬리만자로 일정은 통상 10일이다. 가는 데 1.5일, 오는 데 1.5일, 등반 6일, 사파리 1일이다. 늘 그렇듯 시간은 빨리 지나간다. 그러나 비행기를 타는 시간과 등반 6일 동안의 잠자는 시간은 지루하기 짝이 없다. 이에 대비해야 한다.

일정은

인천공항 – 카타르 도하공항(환승) – 탄자니아 다르에스살렘 공항(대기) – 킬리만자로 국제공항[1일] – 아루샤(호텔)[2일] – 킬리만자로 마랑구 게이트 – 만다라 산장[3일] – 호롬보 산장[4,5일] – 키보 산장[6일] – 우흐르피크(정상) – 하산 – 호롬보 산장[7일] – 마랑구 게이트 – 아루샤[8일] – 타랑게티(사파리) – 아루샤[9일] – 킬리만자로 국제공항 – 탄자니아 다르에스살렘 공항(대기) – 카타르 도하공항(환승) – 인천공항[10일]

재미있는 사실은 당신이 탄 비행기가 세계에서 1인당 국민소득이 가장 높은 국가(1위)인 카타르(102,100달러)를 거쳐 세계에서 가장 가난한 탄자니아(1,700달러)로 간다는 점이다. 즉 당신은 부와 빈의 극과 극을 겉으로나마 체험하는 것이다.

킬리만자로 여행에서 특히 주의할 점은
1. 매일 아침 말라리아 약을 먹는 것을 잊지 마라.
2. 당신이 있는 땅이 아프리카라는 사실을 잊지 마라(조금 불편해도 참아야 한다).

★ 카타르 도하 국제공항 면세점

3. 음식이 입에 맞지 않아도 억지로 먹어야 정상에 오를 수 있다.

4. 고산증에 대해서는 미리 걱정하지 마라. 부딪쳐보아야 알 수 있다.

5. 사진을 찍을 때 주의를 기울여라. 인물 사진을 찍고 싶다면 미리 허락을 받고, 팁을 1달러라도 주어라.

6. 밤 8시 넘어 혼자 시내를 돌아다니지 말 것.

7. 킬리만자로는 낮에는 매우 덥고 밤에는 매우 춥다. 특히 정상은 영하 20도를 오르내린다.

★ 누가 킬리만자로에 올랐는가?

전　세　계　에　서　온　감　동　의　등　반　객　들

"왜 산에 가느냐?"고 묻는 촌스러운 질문에 가장 널리 알려진 답은 역시 촌스럽게 "산이 그곳에 있기 때문에"이다.

하지만 이 답은 이후 전 세계 산악인의 모토가 되었으며 나아가 인생의 진리를 담은 명구가 되었다.

조지 말로리^{George Mallory}(영국, 1886~1924)는 에드몬드 힐러리^{Edmund Hillary}(뉴질랜드, 1919~2008) 이전에 세계 최초로 에베레스트에 오르지 않았을까 추정되는 산악인이다(공식 증거가 없기 때문에 인정받지 못한다). 말로리는 1922년 에베레스트 원정대의 일원으로 합류해 3번째 등정에서 7020m까지 올랐다(이때 2차 등정에서 사상 최초로 8320m까지 오른 산악인이 있었다). 귀국 후 말로리는 스타가 되었는데 미국을 방문했을 때 〈뉴욕타임스〉 기자가

"Why do you want to climb Mt. Everest?"

라고 물었다. 말로리는 별 생각 없이

"Because it's there."

라고 대답했다.

이후 이 단순한 대답은 산을 오르는 수많은 이유들을 KO패 시킨 불후의 명언이 되었다.

내가 생각하는 가장 멋진 말은

여하튼 말로리는 1924년 다시 에베레스트에 도전했는데 6월 8일 12시 50분에 마지막으로 목격된 후 영원히 사라졌다. 그리고 75년이 지난 1999년에야 시신이 발견되었다. 그가 정상에 올랐는지 오르지 못했는지는 지금도 수수께끼로 남아 있다.

말로리는 에베레스트를 너무 사랑했기에 어쩌면 킬리만자로에는 눈을 돌리지 않았을 것이다. 그가 킬리만자로에 올랐다면

"Why do you want to climb Mt. Kilimanjaro?"

라는 질문에 무엇이라 대답했을까?

당신은 무엇이라 대답할 것인가? 사랑하기 때문에? 욕망 때문에? 삶을 잊고 싶어서? 이름을 알리고 싶어서? 자아만족을 위해? 등산일지에 적혀 있는 산 중의 하나이기에?

대답은 각자의 몫이다. 그 수많은 대답을 증명이라도 하듯 오늘도 킬리

만자로에는 전 세계에서 온 수없이 많은 등반객이 줄을 잇는다. 그들 중에는 우리의 상상을 초월하는 사람도 적지 않다. 그 사연을 만나보자.

캐나나 토론토에 사는 스펜서 웨스트(Spencer West)는 하반신이 없다. 유전장애로 희귀병인 천골발육부전증(이런 질병은 이름조차 희한하다)에 걸려 5살 때 두 다리를 절단했다. 그럼에도 대학을 졸업하고 많은 사회활동을 했으며 2012년 6월 19일, 7일 만에 킬리만자로 정상에 올랐다. 당시 나이 31세였다. 오직 두 손만을 이용해 무려 5895m까지 오른 것이다. 상상이 가는가? 일반인도 오르기 힘든 5895m를 두 손만으로 올랐다! 가히 인간승리의 절정이라 할 수 있다. 그에 관한 이야기와 사진은 http://blog.daum.net/whitehair50/7094932에서 볼 수 있다.

1996년 3월, 75세 신례순(서울 수유3동) 할머니가 킬리만자로 정상에 올랐다. 1992년 처음 도전했다가 5200m 지점에서 포기했던 신 할머니는 3월 28일 새벽 여성대원 2명과 함께 마지막 숙박지인 키보 산장을 출발해 6시간 30분만인 오전 7시 30분 즈음에 우흐르피크에 올랐다.

불과 20년 전만 해도 우리나라에서는 61세가 되면 환갑이라 하여 큰 잔치를 베풀었다. 그리고 사회의 모든 직책과 일에서 물러나 한가로이 여생을 즐겼다. 말이 '여생을 즐기는 것'이지 실제로는 지루함의 연속이다. 그 지루한 일상을 파괴하고 '인생은 70부터'라는 말을 용감하게, 그것도 두 번의 도전 끝에 증명해보였다.

2014년 1월에는 우리나라 시각장애인 송경태(당시 52세) 씨도 등정에 성공했다. 그는 정상에 오르기 전의 심정을 이렇게 묘사했다.

아, 새벽이 두렵다.

오늘도 얼마의 고문을 나 자신에게 시켜야 될지? 오늘은 얼마나
가슴을 쥐어뜯는 고소증과 사투를 벌이고 머리가 쪼개질 듯한
심한 두통을 견뎌내야 할지? 오늘도 악마의 발톱 칼바위와 빙하
조각이 얼마나 나의 살을 도려낼지?

- 〈에이블뉴스〉, 2014년 1월 24일

그리고 고난의 시간을 이기고 정상 정복의 감회를 이렇게 밝혔다.

나는 드디어 해냈다.

지금 생각해도 눈물이 핑 돈다. 이제 삶의 의미를 다시 새기자.
죽음의 문턱이 삶과 바로 붙어 있는 것을 보았다. 다시 새로운
삶, 더 정직한 삶, 더 친절한 삶, 더 성실하고 약속도 잘 지키고,
아이들과 더 많은 대화를 나누는 삶을 살자고 다짐해본다.

- 〈에이블뉴스〉, 2014년 1월 24일

당신은 어떤 장애를 가지고 있는가? 두 다리가 없는가? 두 눈이 보이
지 않는가? 나이가 70이 넘어 기력이 쇠하였는가?

어쩌면 그렇지 않을 것이다. 그러므로 킬리만자로를 두려워 할 이유가
전혀 없다. 설사 -정녕 죄송하게도- 당신이 팔 하나가 없고, 눈이 제대로 보이
지 않고, 다리 하나가 온전하지 못한다 해도 킬리만자로는 너끈히 오를
수 있다.

3 부

고 행 의
6 일 동 안

★

6일의 대장정

뽈 레 뽈 레 는 그 대 의 스 승 이 다 .

킬리만자로는 6일에 걸쳐 오른다. 도대체 왜 6일씩이나 걸리느냐고 의아하게 생각되지만 오르다보면 공감이 간다. 그런데 약간 서두르면 5일에도 충분히 오를 수 있다(전문 산악인이라면 4일에도 가능할 것이다). 그렇게 하지 않는 이유는 첫째, 등반객의 안전이고, 둘째는 (순전히 내 생각에) 수입 증대다. 6일 여정이 5일로 줄어들면 공원관리소·가이드·포터·현지여행사의 수입이 줄어드는 것은 당연하다.

여하튼 6일 동안 당신은 마음의 각오를 단단히 해야 한다. 절대 잊지 말아야 할 것은 뽈레뽈레(pole pole: 천천히)를 실천하는 것이다.

천천히 가는 사람이 멀리 간다. - 영국 속담

★우후르피크(5895m)

★시라(3962m)

★키보 산장(4703m)

★마웬자(5149m)

★호롬보 산장(3720m)

★만다라 산장(2700m)

★마랑구 게이트(1800m)

KHK

1 일 차

: 아루샤 — 마랑구 게이트(1800m) — 만다라 산장(2700m)

• 아침밥을 먹은 후 반드시 말라리아 약을 먹어라.

등반 시작 첫날에는 몸도 마음도 가볍다. 한 가지 마음에 걸리는 것은 등반 마지막 날 정상을 앞두고 고산증이 올 것이냐, 안 올 것이냐의 불안감이다. 그런데 미리 걱정할 필요 없다. 고산증 여부는 키보 산장에 도착해서야 결판난다. 4일 후의 일을 미리 걱정하는 것은 바보나 하는 짓이다. 그저 편하고 즐겁게 시작하자.

등산에 꼭 필요한 물건만 배낭에 넣고 나머지는 전부 카고백에 담는다. 아침 8시면 사파리차가 호텔 주차장에 도착한다. 운전기사 1명과 가이드 3명이 함께 온다. 그들이 던지는 첫마디는 '잠보'이다. 인사를 주고받은 뒤 그들의 이름을 전부 수첩에 적어라. 6일 동안 함께 할 소중한 동반자이다.

사파리차는 10명 정도 탈 수 있다. 영어를 제일 잘하는 사람이 운전기사 옆에 앉아 통역을 맡으면 된다. 아루샤 시내를 관통해 교외로 접어드는데 1시간 정도 달린 후 물을 사야겠다고 말하면 적당한 상점 앞에서 멈춘다. 5L 물을 사고, 가게 주변도 구경하고, 또 다른 등반객도 만나면 스스럼없이 이야기도 나누어라. "I'm from Korea"라고 말하면 무척 반가워한다. 그 이유는 싸이의 '갱냄스타일(강남스타일)'을 잘 알기 때문이다.

1시간 정도 더 달리면서 탄자니아의 대초원과 황량한 벌판, 구질구질한 마을들을 감상하면 이윽고 킬리만자로 남동쪽에 위치한 마랑구 게이트에 도착한다(게이트 정문이 영락없이 서울대 교문과 똑같다). 이 게이트는 개인이 함

부로 출입할 수 없다. 미리 스케줄이 잡힌 사파리차가 들어올 때만 문을 열어주고 장총을 든 경비들이 삼엄하게 지킨다. 주차장에는 우리 팀의 요리사·포터들이 미리 도착해 있다. 그들이 우리 짐을 모두 내려준다.

> 킬리만자로 등정은 법으로 엄격하게 규정되어 있어 등반객 1명에 최소 3명의 가이드·포터가 따라 붙는다. 우리 일행은 6명이었는데 가이드·포터·요리사 등 모두 합쳐 17명이었다. 즉 23명이 1팀을 이룬다. 그 이유는 산을 오르다보면 알게 된다.

　가이드가 공원관리소에서 입산수속을 밟는 동안 도시락 점심을 먹는다. 빵과 바나나, 주스 등이다. 수속이 끝나면 입산기록부에 사인을 하고 (등반객은 이름, 국가, 나이, 여권번호 등을 적어야 한다. 이는 모든 산장에 도착할 때마다 기록한다) 입구로 간다. 입구에서 짐의 무게를 잰다. 내가 메고 가는 배낭은 관계없지만 포터들이 지고 가는 짐의 무게가 15킬로그램이 넘어서는 안 된다. 관리사무소 직원은 매우 엄격한데 하나의 가방이 무거우면 그 가방에서 물건을 꺼내 다른 카고백으로 옮긴다. 포터의 안전을 위해서다. 이는 물론 그들이 알아서 다 해준다.

　짐 정리가 끝나면 모든 등반객과 가이드·포터가 모여 사진을 한 장 찍고 드디어 킬리만자로 산행을 시작한다. 산 입구에도 총을 든 경비가 지키고 있다.

　자, 이제 당신은 킬리만자로에 첫발을 내딛었다. 게이트를 출발하면 파이팅을 외친 후 뽈레뽈레(천천히) 산에 오른다. 절대 서두르지 마라. 시간은 충분하다. 울창한 숲(열대우림)을 구경하면서 사진도 찍고 가이드와

이야기도 나누면서 천천히 오르자. 운이 좋다면 숲속의 원숭이도 만날 수 있다. 그렇게 3~4시간이 지나면 오후 4시 무렵 갑자기 만다라 산장에 도착한다(아무리 늦어도 5시이다). 첫날의 등반이 모두 끝났다. 오늘 오른 높이는 2700m이다(마랑구 게이트가 1800m이므로 실제로는 900m를 올랐다).

만다라 산장은 약간 비탈져 있는데 아늑하고 깨끗하다. 넓은 공동 막사에서 저녁도 먹고, 세계 각지에서 온 등반객들과 이런저런 이야기도 나눈다. 식사는 항상 공동 막사에서 한다. 7시에 저녁밥을 먹고 나면 아쉽게도 할 일은 아무것도 없다. 이야기를 나누다가 잠을 자야 한다. 잠은 앞으로의 산행에서 지긋지긋한 적이다.

· 산 입구에서 가방 무게를 잴 때 빨리 통과하고 싶으면 관리자에게 뇌물(나쁜 의미가 아니다)을 주어라. 작은 선물(한국에서 사온 담배)을 주면 그리 깐깐하게 굴지 않는다.

· 출발 전에 모든 가이드 · 포터를 모이게 한 후 우리 일행을 소개하고 악수를 나누고 사진을 찍어라. 전부가 모이는 것은 그때가 처음이자 마지막이다. 그리고 그들에게 팁으로 1달러씩을 주어라. 만약 당신 일행이 5명이면 가이드 · 포터는 전부 15명 내외다. 우리 돈 15,000원을 투자하면 이후 6일의 산행이 좀 더 편해진다.

· 이제 전기와는 6일 동안 작별이다. 마랑구 게이트의 야외 강당에 전기 콘센트가 있는데 그것이 마지막 전기다. 점심을 먹고 가이드가 수속을 밟는 약 30분 동안 핸드폰을 충전할 수 있다.

· 밤 12시나 새벽 2~3시에 일어나 밤하늘을 보라. 엄청난 별들을 볼 것이다. 그때 북두칠성과 북극성을 찾아보자. 별이 너무 많아 찾지 못할 수도 있다. 아니면 그곳에서는 원래 북두칠성이 보이지 않거나.

· 잠을 잘 때 몹시 추우므로 따뜻하게 옷을 입고 핫팩을 붙이고 자라. 핫팩은 전부 6개면 충분하다.

> • 먹는 문제는 아직 고달프지 않다. 한국에서 가져온 음식은 아껴두고,
> 가급적 현지 음식을 먹어라. 입맛이 맞지 않아도 억지로 먹어야 한다.

2 일 차

: 만다라 산장 - 호롬보 산장(3720m)

• 아침밥을 먹은 후 반드시 말라리아 약을 먹어라.

둘째 날의 산행이 시작된다. 8시에 출발하기 전에 반드시 대변을 해결하고 선크림을 듬뿍 바른다. 오늘은 상당히 높고 오랜 거리를 걷는다. 산길은 한국의 산길과 완전히 다르다. 관목숲을 벗어나면 황량한 벌판도 나타나고 얕은 나무만 있는 언덕도 나타난다.

산의 풍광은 보는 이에 따라 다르지만 멋있기도 하고 밋밋하기도 하다. 자이언트 세네시아(거대 선인장의 일종)가 이때 처음으로 모습을 드러낸다. 그리고 저 멀리 눈을 뒤집어쓴 킬리만자로 꼭대기 모습도 보인다.

역시 서두르지 않아도 된다. 천천히 오르면 어느덧 흰목까마귀(라이벤)들이 진치고 있는 야외 휴게소에 도착하고 12시 무렵 도시락 점심을 먹는다(빵, 과일, 치킨, 주스 등). 흰목까마귀에게 치킨을 던져주면 잽싸게 채간다.

오르는 등반객과 내려오는 등반객들을 많이 만난다. 환한 미소를 지으면서 잠보 혹은 굿모닝, 헬로우라고 인사하라. 그들은 모두 우리의 친구다. 또 짐을 지고 오르는 포터들과도 자주 마주친다. 그때마다 배낭에 있는 초콜릿, 캐러멜, 자유시간 등을 주어라. 당신의 짐을 대신 지고 가는 포터들이다. 그들과 사진을 자주 찍어라.

그렇게 5~7시간 정도 산을 오르면 드디어 호롬보 산장에 도착한다. 오늘 당신은 3720m까지 올랐다. 길이 멀기는 해도 험하지는 않다. 호롬보까지는 완전 아마추어라 해도 성별, 나이, 신체조건과 관계없이 누구나 오를 수 있다.

> · 밤에 잘 때 더 추워진다. 옷을 따뜻하게 입고 자라.
> · 밤 12시나 새벽에 일어나 밤하늘의 별을 보는 것을 잊지 마라.
> · 산장 뒤편에 계곡물이 흐른다. 깔끔을 떠는 사람이라면 이곳에서 양말, 수건, 속옷 등을 빨 수 있다. 그러나 날씨가 급변하기 때문에 마를 수 없다는 점을 감안하라.
> · 공동막사에는 산쥐(다람쥐의 일종)들이 마구 돌아다닌다. 놀라지 마라. 그들이 숙소 안으로 들어올 수도 있으므로 꼭 문을 잠궈라.
> · 입맛이 서서히 떨어지기 시작한다. 그러나 악착같이 먹어야 한다. 서서히 한국음식을 꺼내 먹으면 좋다.

3 일 차

: 호롬보 산장(고소적응일)

　· 아침밥을 먹은 후 반드시 말라리아 약을 먹어라.

오늘은 하루종일 호롬보 산장에 머물면서 고소 적응을 한다. 사실 아침 일찍 일어나 키보 산장으로 출발해도 큰 무리는 없다. 그런데 등산 규정에 그렇게 정해져 있으므로 고속 적응 훈련을 한다.

아침밥을 먹고 9시 무렵 산장을 출발해 자브라(얼룩말) 바위에 오른다.

출발 전에 선크림을 듬뿍 바른다. 높이는 그곳에서부터 470m 내외다. 그다지 힘들지 않지만 아마추어에게는 고난도의 산행이다. 실제로는 4100m까지 오르는 것이기 때문이다. 킬리만자로의 풍광을 실컷 구경하고 하늘로 뻗은 자이언트 세네시아도 많이 구경하고 길가에 널린 진기한 나무뿌리도 구경한다.

　산을 내려와 점심을 먹고나면 할 일이 없다. 일행과 이야기를 나누거나, 주변을 어슬렁거리며 돌아다니거나, 가이드·포터들과 대화를 하거나, 가벼운 운동을 한다.

> ·현지 밥을 도저히 먹을 수 없을 경우 이제 한국에서 가져온 누룽지를 끓여먹거나 라면을 먹으면 좋다. 부엌으로 찾아가 요리사에게 라면과 누룽지 끓이는 방법을 알려준다. "Water hot boiled, and 라면 put in, and too boiled"라고 손짓발짓을 해가며 설명하면 다 알아듣는다. 햇반은 전혀 도움이 되지 않는다.
> ·내일 결전의 시간이 다가오므로 저녁을 먹고 일찍 잠에 든다. 새벽에 시간이 많을 때 화장실에 가서 대변을 해결한다.
> ·샤워를 할 수 없으므로 가져간 물티슈로 몸을 닦는다. 이마저 귀찮으면 하지 않아도 된다.
> ·고소증이 서서히 찾아오는 사람은 두통이 있을 수 있다. 진통제를 먹고 잠을 자라.

4 일 차

: 호롬보 산장 – 키보 산장(4703m)

• 아침밥을 먹은 후 반드시 말라리아 약을 먹어라.

이제 결전의 날이다. 오늘 6~7시간을 걸어 마지막 베이스캠프인 키보 산장에 도착한다. 그곳에서 내일 정상에 오를 수 있을지 없을지 판가름 난다. 그러나 미리 겁을 먹거나 불안해 할 필요는 없다. 그때 닥쳐봐야 알 수 있다. 단지 다른 날과 다르게 마음을 다잡고 출발해야 한다.

호롬보를 출발하면 처음에는 울퉁불퉁한 바위가 많은 급경사를 지난다. 등산로에는 하얀 에베레스팅(영혼의 꽃)과 다양한 고산식물들이 피어 있다. 최후의 샘터인 라스트 워터 포인트Last Water Point에서 잠시 쉰 후 다시 출발하면 길은 갑자기 실크로드로 바뀐다.

식물은 이제 자취를 감추며 붉은 흙과 바위만 끝없이 펼쳐져 있다. 길고 지루한 이 길을 하염없이, 아무런 생각 없이 로봇처럼 걸어야 한다. 중간 어디쯤에서 도시락 점심을 먹으면 어김없이 흰목까마귀가 나타난다. 고소증 증세가 보이는 사람은 두통이 심해지고 숨이 차츰 거칠어지며 하체가 풀린다. 그러나 아직 꼬꾸라질 단계는 아니다.

실크로드는 험하지는 않다. 급경사도 없으며 바윗길도 아니다. 그러나 시나브로 올라가기 때문에 아마추어에게는 고난의 행군이다. 그렇게 6~7시간 걸으면 드디어 키보 산장이 보인다. 마지막 100m는 상당히 어려운 구간이다. 온힘을 다해 천천히 걸어야 몸을 추스를 수 있다. 그럼에도 누구든 키보 산장까지는 오른다.

축하한다. 여하튼 당신은 4700m까지 올랐다.

> · 캐러멜, 초콜릿, 사탕을 수시로 먹어라.
>
> · 물을 많이 마셔라.
>
> · 한국에서 준비해간 과일 통조림을 이때 먹어라.
>
> · 키보 산장에 도착 즉시 따뜻한 옷으로 갈아입어라.

5 일 차

: 키보 산장 – 킬리만자로 정상(우후루봉 5895m) – 호롬보 산장

• 아침밥을 먹은 후 반드시 말라리아 약을 먹어라.

일행은 2팀으로 갈라진다. 고산증에 걸린 사람은 산장에 머무르며 하룻밤을 지새워야 하고, 멀쩡한 사람은 밤 12시에 일어나 산행을 시작한다. 고산증이 있음에도 악착같이 산행을 하려는 욕심은 버려라. 설사 원기를 회복해 산에 오른다 해도 특별한 경우가 아니면 정상까지 갈 수 없다. 대부분 길맨스 포인트까지 갔다가 하산한다.

정상 팀은 밤 12시에 일어나 음식을 먹고 복장을 튼튼하고 간편하게 갖춘 뒤 가이드와 함께 출발한다. 날씨는 몹시 춥다. 영하 20도라고 엄포를 놓지만 사실 20도까지는 아니다. 그러나 최대한 따뜻하게 해야 한다. 두꺼운 장갑을 끼고 발바닥과 등에 핫팩을 붙인다. 최후의 음식을 반드시 가져가야 한다. 그렇지 않으면 등반이 몹시 괴롭다. 추위보다 배고픔 때문에 정상에 오르지 못할 수도 있다.

정상 팀은, 2시간 정도 오르면 한스 마이어 동굴Hans Meyer's Cave에 도달한다. 얼어 죽은 표범의 박제를 볼 수 있다고 설명되어 있으나 보기는 어렵다(기진맥진한 사람은 여기에서 하산한다). 이어 3시간 동안 급사면을 오르면 요하네스 노치(Johanne's Notch)에 있는 분화구에 도착하고 곧이어 길맨스 포인트에 다다른다. 여기서 일출을 잠깐 감상하고 마지막 정점인 우후루피크에 오른다. 대략 7~8시간이 걸린다. 길고 긴 산행의 최종 목적지에 도착한 것이다.

그 감격이야 이루 말할 수 없다. 정녕 축하한다. 당신은 아프리카에서 가장 높은 곳에 올랐다. 온갖 폼을 잡으며 사진을 찍은 뒤 하산한다. 하산할 때 한 번 더 뒤돌아보라. 그 지긋지긋한 킬리만자로는 이제 영원히 안녕이다. 이제 누구든 -거의 99%- 킬리만자로에 다시 올 일은 없다. 천천히 산을 내려와 키보 산장에서 아침을 먹은 후 하산을 시작한다.

한편 고산증에 걸린 사람은 아침 8시에 산을 내려가기 시작한다. 포터들이 아침밥을 주지만 대부분 먹지 못한다. 그저 산 아래로 빨리 내려가는 것이 최고 해결책이다. 3~4시간 걸어 실크로드를 통과해 오후 1시 무렵이면 호롬보에 도착한다. 고산증 증세는 말끔히 사라진다. 짐을 내동댕이치고 쓰러져 잠을 자고 있으면 오후 3~4시 무렵에 정상 팀이 내려온다. 두 패로 나뉘었던 일행이 감격의 재회를 한다.

저녁을 먹고 가이드·포터와 비용에 대한 협의를 한다(여기에 대해서는 별도로 설명한다). 모든 과제가 끝났고, 고산증도 사라졌고 내일이면 평지로 내려가기 때문에 홀가분한 마음으로 잠을 잔다. 밤 12시에 일어나 밤하늘의 은하수를 마지막으로 보는 것을 잊지 마라.

> • 정상에 오르기 전 음식을 준비하라.
> • 누룽지를 끓여서 보온물통에 넣어가고, 과일통조림을 가져가라.

6 일 차

: 호롬보 산장 – 마란다 산장 – 마랑구 게이트 – 아루샤

> • 아침밥을 먹은 후 반드시 말라리아 약을 먹어라.

이제 온갖 아쉬움과 기쁨, 감격과 회한을 남겨두고 산 아래로 내려간다. 아침밥을 먹은 후 모든 가이드·포터·등반객이 모여 킬리만자로 댄싱을 춘다. 정상에 올랐건 오르지 못했건 6일의 노고를 서로 치하하고, 축하하고, 노래를 부른다. 전부 모여 마지막 사진 한 장을 찍은 후 비용을 건네준다. 비용은 모든 사람이 보는 앞에서(행여 오해를 없애기 위해) -당연히 달러로- 주어야 한다.

내려가는 길은 매우 속도가 빠르다(갑자기 비가 쏟아질 수 있으므로 배낭 안에 반드시 우비를 넣어가지고 가라). 3시간 정도 지나면 마란다 산장에 도착하고, 그곳에서 점심을 간단히 먹고 다시 마랑구 게이트까지 간다. 오후 3시 무렵이면 게이트에 도착한다. 우리를 싣고 갈 사파리차가 와 있으며, 포터들은 짐을 내려준 후 뿔뿔이 흩어진다. 안녕이라는 인사도 못하고 헤어질 수 있다.

차에 오르면 가이드가 관리사무소에서 등반객 숫자만큼 〈킬리만자로 등반 국제공인인증서〉를 가져온다. 차를 타고(가이드 3명도 함께 탄다) 3시간 정도 달리면 아루샤 호텔에 도착한다. 그곳에서 가이드가 인증서에 등반객의 이름을 영어로 쓴 뒤 각자에게 나누어준다. 정상에 오르지 못했어도 인증서는 받으므로 미리 걱정하지 마라.

이렇게 6일의 일정이 모두 끝난다. 고난의 행군, 사투의 대장정이 모두 막을 내리는 것이다. 우후르피크에 오르지 못했어도, 얼어 죽은 표범을 보지 못했어도 가슴에 새겨진 킬리만자로의 감동은 영원히 잊지 못하리라.

만다라 산장

그곳은 해발 2720m. 한민족의 영산 백두산의 2750m보다 겨우 30m 낮다. 그러나 이곳까지의 산행은 그다지 힘들지 않다. 평소에 산을 전혀 오르지 않는 아마추어라 해도 6시간이면 너끈히 오른다. 출발 지점인 마랑구 게이트 Marangu Gate가 해발 1800m이기 때문에 실제 오르는 높이는 900m이다.

그렇다 한들 너무 우습게 여겨서는 안 된다. 또 프로 등반인이라 해도 욕심을 부려서는 안 된다. 산 앞에서 인간은 언제나 겸허하게 자신을 낮춰야 하기 때문이다.

울창한 숲과 거대한 나무들, 대초원을 지나 서서히 위로 오르면 잠시 숨이 막히기도 하지만 결코 서두르거나 지치지 마라. 6일의 산행 중 우리는 이제 겨우 첫발을 내딛었을 뿐이다. 저 멀리 킬리만자로의 웅장한

모습이 나타나면 너나할 것 없이 기쁜 환호성을 내지른다. 어떤 고난이 닥쳐도 저 정상에 올라야 하지 않는가?

잊지 말아야 할 것은 '뽈레뽈레' 정신이다. 킬리만자로는 누가 먼저 정상에 오르느냐가 목표가 아니다. 나 스스로와 싸워 정상에 오르는 것이 목표이다. 그 목표를 이루기 위해서는 빨리빨리가 아니라 뽈레뽈레가 필요하다. 그렇게 천천히 산을 오르다가, 중간에 서너 번 쉬면서 몸을 진정시키고, 포터들이 마련해준 도시락 점심을 먹고, 현지 가이드들과 영어로 떠듬떠듬 대화도 나누고… 또 산을 오르고, 그러다가 힘들어서 더 이상 못 걷겠다 싶을 때 갑자기 산장이 나타난다.

우리가 하루를 묵어야 할 첫 번째 베이스캠프, 만다라^{Mandara} 산장이다. 비탈진 넓은 초원에 자리한 산장에는 7~8개의 A자형 초록색 방갈로가 있고, 포터들의 숙소, 부엌, 관리사무소, 화장실, 발전기용 배터리 창고, 넓은 식당 등이 있다. 식당 앞의 나무 베란다에 앉아 있으면 전 세계에서 온 등반객들을 만날 수 있고, 서너 마디만 건네면 곧 친구가 된다.

"Where are you from?"

이라 물으면, 유에스에이, 재팬, 홀란드(네덜란드), 저머니, 멕시코 등등 세계 여러 나라의 국명이 되돌아온다. 어느 곳에서 왔든 우리는 친구가 된다. 따뜻한 악수를 나누면서 정상 오름에 성공하기를 기원해준다.

저녁밥을 먹고 나면 무엇을 해야 할까?

할 일은 아무것도 없다. 전기가 없는 이곳에서 인간은 무력한 존재가 된다. 다행히 산장 뒤편에 대형 배터리 창고가 있어 방갈로와 식당에 전등불은 들어오지만 그것으로 끝이다. 긴긴 밤에 우리는 둥그렇게 모여 앉아 이야기를 나눌 수 있을 뿐이다. 그러나 첫날의 긴장감과 내일에의 도전 때문에 일찍 잠에 들어야 한다.

또 밤이 되면 으슬으슬 추워져 활동하기도 어렵다. 어쩔 수 없이 9시면 침낭 속으로 들어가 오지 않는 잠을 청한다. 지긋지긋하게 잠을 자다가 문득 깨어 시계를 보면 새벽 2시다. 이때 다시 침낭을 뒤집어쓰고 잠 속으로 빠져들지 말고 밖으로 나와 하늘을 보라. 당신은 생전 처음 엄청난 별의 향연을 볼 것이다. 밤하늘에 그렇게 많은 별들이 있다는 사실에 당신은 소스라치게 놀랄 것이다.

번잡한 도시를 떠나 낯선 킬리만자로에 왔음을 고마워하라. 별이 그렇게 많이 있었다는 사실을 깨달았음에 감사하라. 그것이 킬리만자로가 당신에게 주는 첫 번째 선물이다.

- 만사불여 튼튼 : 잠을 잘 때는 안에서 반드시 문을 잠그고, 식당에 밥을 먹으러 갈 때도 반드시 문을 잠가라. 서로가 주의해야 사고를 예방할 수 있다.
- 추위 대비 : 해발 2700m가 넘는다는 사실을 잊지 마라. 잠을 잘 때 핫팩을 붙이면 따뜻하게 숙면할 수 있다.
- 포터들의 숙소 : 등반객 숙소와 포터 숙소(및 부엌)는 떨어져 있으며 등급이 다르다. 저녁을 먹은 후 포터 숙소를 방문해 고맙다고 치하하라. 당신 자신은 물론 코레아의 위상을 드높인다. 그리고 내일 스케줄에 대해 협의하라.
- 담배? : 킬리만자로에서는 우리나라와 달리 담배를 피울 수 있다. 산을 오르면서 포터들도 간혹 담배를 피운다. 하지만 정상에 오르고 싶다면 마란다 산장에서의 담배가 마지막이어야 한다.
- 술? : 각자 알아서… 만약 술을 가져갔는데 마실 상황이 아니라고 판단되면 포터에게 선물로 주어라. 매우 고마워할 것이다.

★ 세숫물
이 것 은 성 스 러 운 의 식 이 다

이것은 정화수가 아니다. 우리의 어머니들이 새벽별을 보고 일어나 가장 깨끗한 물을 떠놓고 달빛 아래에서 비는 그 신성한 물은 아니다. 그러나 그 이상으로 의미가 있다.

킬리만자로에서 굳이 세수를 할 필요는 없다. 만나야 할 사람도 없고, 잘 보일 사람도 없으며, TV에 출연할 일도 없다. 또 세수를 하지 않아도 얼굴은 -아프리카 사람들에 비해- 새하얗다.

킬리만자로 등정을 시작하면 매우 귀찮은 일이 산장에 도착해서 씻는 일이다. 씻기를 매우 싫어하는 사람이라면 옳다구나 하고 씻지 않겠지만, 또 물이 없어서 샤워는 언감생심이지만 씻지 않을 수 없는 상황에 부딪친다.

만다라, 호롬보, 키보 산장에 도착해서 한숨을 돌리고 30분쯤 지나면 포터가 즉각 따뜻한 물을 '대령'한다. 대령[*]이라는 표현이 과하다고 생각할 수 있으나 물 당번 포터의 행동은 그러한 생각이 저절로 들게 만든다. 물이 반쯤 담긴 양동이와 작고 낡은 세숫대야 3개, 작고 품질이 낮은 비누 하나를 오두막 앞에 놓고 간다. 물은 미지근하다. 아마 가스를 절약하기 위해 조금만 끓이는 것 같다.

세수가 하기 싫어도 그 정성을 보면 하지 않을 수 없다. 우리에게 부지런히 따뜻한 물을 날라주는 포터의 이름은 로버츠였다. 정말 순박한 얼굴에 낡은 비니를 쓴 그는 물 당번과 식사당번(식사를 날라주는)을 겸했다. 물론 팁을 주지 않을 수 없다.

그 덕분에 우리는 하루의 산행이 끝날 때마다 세수를 했고, 얼굴에 뒤덮인 먼지를 씻어내고 개운하게 하루를 마감할 수 있었다. 물의 고마움을 또 한 번 느꼈음은 당연하다.

물이 오두막 계단 아래에 준비되어 있으면 덜컥 세수를 하지 말고 경건한 마음으로 기도를 올려라. 이 산을 만든 창조주와 이곳에 오른 나와,

나의 일행들과, 나를 이끌어온 가이드·포터들과, 저 멀리 고국에 있는 사랑하는 가족과 친구들에게 고마움의 기도를 올린 뒤 세수를 하라.

가장 깨끗한 마음으로 세수를 할 때 당신의 얼굴은 찬란하게 빛나리라.

★ 호롬보 산장

추 고 지 루 한 곳 에 서 고 산 증 에 적 응 하 자

해야 할 일이 많다. 3일 동안 하지 못한 빨래도 하고, 세계 각지에서 온 등반객들도 구경하고, 정상을 올랐다가 내려오는 승자(혹은 낙오자)와 이야기도 나누고, 내가 정상을 향해 가는 날 비가 오지 말라고 하늘에 기도도 해야 하고, 밤이 되면 일행들과 쓸데없는 수다도 떨어야 한다.

호롬보는 3곳의 산장 중 가장 넓고, 그만큼 사람도 많고, 구경거리도 많다. 방갈로에서 자지 않고 너른 공터에 텐트를 치고 자는 등반객들도 있다. 방갈로 가격이 비싸서라기보다 특별한 추억을 위해서일 게다. 아침이면 킬리만자로 댄싱을 추는 가이드·포터들도 볼 수 있다. 어제 새벽 정상에 오르고 내려온 팀이 추는 축하공연이다.

이틀째는 자브라산에 오른다. 그곳의 높이는 470m이다. 그다지 높지 않지만 평소 등반을 많이 하지 않은 사람이거나 체력이 떨어지는 사람

은 꽤 힘든 곳이다. 그러나 주변 풍광과 자브라산이 아름다워 평생 잊지 못할 추억이 될 것이다.

호롬보에서 하루를 더 머무는 이유는 고산증에 적응하기 위해서다. 그러나 사실 고산증 적응과는 그다지 관계가 없어 보인다. 하루를 더 머물지 않고 키보 산장에 올라가도 큰 무리는 없다. 그러나 킬리만자로에서 가장 중요한 것은 안전이다. 정상에 오르는 것이 중요한 것이 아니라 안전이 가장 중요하다. 그러기에 등반객의 고소증 적응을 위해 지루한 하루를 더 보내게 한다.

> • 킬리만자로에서 날씨는 전혀 예측할 수 없다. 해가 쨍쨍 떴다가도 갑자기 비가 내리고, 또 눈이 내린다. 빨래를 하면 마르지 않을 수도 있다.
> • 호롬보에서 지내는 이틀 밤은 매우 지겹다. 그리고 춥다. 밤에 잘 때 핫팩을 꼭 붙이고 자라. 저녁을 먹고 나면 8시이고, 다음날 아침 7시까지 잠을 자야 한다. 긴긴밤을 지새울 준비를 하자. 앞에서도 이야기했듯이 뜨개질이 가장 좋고, 화투나 카드놀이, 오목, 바둑도 괜찮다. 그렇지 않으면 밤이 너무 길다.
> • 시간이 많으므로 가이드 · 포터들과 이런저런 대화를 많이 나누어라. 포터들의 숙소도 찾아가보고, 주방에도 찾아가 어떻게 음식 준비를 하는지 구경도 하라.

얼룩말 바위 Zebra Rocks

초 원 을   만 끽 하 다

하늘로 올라가려던 얼룩말이 그 뜻을 이루지 못하고 이곳에서 죽었는지도 모른다. 그래서 그 꿈이 바위에 새겨졌는지도 모른다. 천마(天馬)는 동양의 전설이나 고사에만 있는 것은 아니리라. 과문해서 모르기는 하겠지만 아프리카에도 승천하려는 말(혹은 사자나 기린)의 전설이 필경 있을 것이다. 그 전설의 태동지가 이곳 아닐까?

해발 3720m의 호롬보 산장에 도착하면 그 다음날은 고산 적응훈련을 하는 날이다. 적응훈련이라 해봤자 470m 더 올라 얼룩말 바위를 오르는 것이다. 아침밥을 먹고 8시쯤 출발하면 3시간이면 너끈히 얼룩말 바위에 도착한다.

평지에서 출발해 470m를 오르는 것은 기실 아무것도 아니다. 걸음이 빠른 사람이라면 1시간 30분이면 충분하다. 그러나 3720m에서 시작하

는 470m는 아마추어 등반객에게는 결코 쉬운 과제가 아니다.

가이드들은 어김없이 뽈레뽈레를 외친다. 비록 500m가 되지 않아도 이곳에서도 서두를 필요가 없다고 강조한다. 우리 6명의 일행 중 산악회 회원인 3명은 성큼성큼 올랐지만 나를 포함해 비전문가 3명은 헐떡이며 올랐다. 그렇다고 부끄러워할 필요는 없다. 분명 4100m를 올랐기 때문이다.

얼룩말 바위를 가는 길 역시 아름답다. 딱히 해야 할 일도 없고, 서두를 필요도 없고, 1등을 한다 해서 상을 주는 것도 아니다. 중요한 것은 고산에 적응하는 것이다. 킬리만자로의 초원을 온몸으로 느끼면서 자연 속으로 들어가는 것이다. 드넓은 초원과 거친 화산돌 들, 기이한 나무뿌리들, 삐죽삐죽하게 솟아 있는 자이언트 세네지오를 보면서 자연의 신비를 체험하는 것이다.

나는 왜 이곳에 왔을까? 나는 어떤 삶을 살아왔는가? 무엇을 찾아 이곳에 왔는가? 앞으로의 삶은 어떻게 펼쳐질 것인가? 산을 오르며, 천천히 발을 떼어놓으며 인생을 되돌아보는 것이다.

킬리만자로에 온 목적은 꼭 산을 정복하기 위해서만은 아니다. 많은 목적 중에 내 진정한 삶에 대해 생각해보고 싶다면, 얼룩말 바위를 오르면서 천천히, 그리고 진지하게 생각해보자. 어쩌면 원시의 산이 해답을 줄지도 모른다.

간절한 기원

누 가   돌 탑 을   쌓 았 을 까

　쌓이고 쌓이면 언젠가는 허물어진다는 것을 번연히 알면서도 돌 하나를 슬며시 올려놓는다. 누구에게도 말하지 않은 소원을 마음속으로 간절히 속삭이면서.

　돌 하나를 올려놓을 때마다 소원 하나가 늘어난다. 100개의 돌이 쌓여 있으면 100개의 소원이 이루어지기를 기다리는 것이며, 1000개의 돌이 쌓여 있으면 -그 돌이 크든 작든- 1000개의 소원이 주인을 기다리고 있다.

　우리나라 산 곳곳에 쌓여 있는 돌탑은 헤아릴 수 없이 많다. 크고 작은 돌탑들이 산의 여기저기에 세월의 흔적과 함께 쌓여 있다. 특히 서낭당이라 불리는 곳에는 커다란 나무 아래에 돌들이 차곡차곡 쌓여 있다. 혹은 바위 위에, 산길의 꺾어지는 곳에….

　나는 그 돌탑을 발견할 때마다 항상 돌 하나를 올려놓고 기도한다. 무

＊북한산의 돌탑(위)
＊안나푸르나의 돌탑(아래)

엇이라 기도할까? 그것은 비밀이다. 말하는 순간 소원이 사라지기 때문이다. 어떤 사람은 그 돌탑을 허물어버리기도 한다. '할렐루야!'라고 크게 외치면서….

그를 비난할 생각은 없다. 단지 다른 사람의 소원을 종교라는 미명으로 흩어 없애는 것이 안타까울 뿐이다. 그럼에도 시간이 지나면 그 자리에 또 돌탑이 세워진다. 흩어 없애는 사람보다 소원을 비는 사람이 더 많아서이지 않을까.

돌에 돌을 올리는 것은 종교가 아니다, 미신도 아니며 과학도 아니다, 심심풀이도 아니며 모방도 아니고 예술도 아니다. 그저 행복한 삶을 기원하는 소박한 몸짓이다.

한국의 산에만 돌탑이 있는 것은 아니다. 킬리만자로에도 돌탑은 많다. 미신을 추종하는 '미개한 한국인'이 이곳에 돌탑을 쌓지는 않았으리라. 세계 여러 나라에서 온 등반객이 가슴속의 소망 하나씩을 이곳에 쌓았으리라.

머나먼 킬리만자로 자브라 산에 와서 돌탑을 쌓은 간절함은 무엇일까? 세계인들은 어떤 소원을 빌었을까? 단언컨대, 재벌이 되게 해 달라거나, 대통령이 되게 해 달라거나, 세계 최고의 미녀와 결혼을 하게 해 달라고 빌지는 않았으리라.

가족의 건강과 평화, 소소한 행복을 빌었으리라. 결국 인간은 어디에서 왔건 삶에서 추구하는 것은 똑같지 않을까?

★ 킬리만자로의 돌탑

포터, 그 고달픈 여정

삶 이 라 는   짐 을   지 고   끝 없 이   올 라 야   하 는

그들을 바라보노라면 하염없이 미안해진다. 킬리만자로 여정은 일반
적인 해외여행과는 완전히 다르다. 우선 캐리어 가방을 들고 갈 수 없다.
카고백(Cargo-back)이라 불리는 옆으로 기다란 큰 천 가방을 가져가야 한다.
이 안에는 옷들과 침낭, 음식, 신발, 생활용품을 넣는다. 그리고 등반 필
수품과 중요한 물건들을 넣은 등산배낭을 멘다. 배낭은 여행 내내 내가
메고 가지만 산행을 시작하면 카고백은 포터들이 운반해준다.

카고백의 무게는 15킬로그램으로 제한되어 있다. "꼭 15킬로그램 이
내여야 하는가? 100그램쯤 넘어도 괜찮지 않은가?"라고 생각하면 오산
이다. 마랑구 게이트에서 관리자가 일일이 무게를 잰다. 조금만 넘어도
그 안에 있는 것을 꺼내 다른 가방으로 옮겨야 한다. 6일 내내 포터가 짊
어지고 가야 하기 때문에 인간으로서 적정하게 들 수 있는 한계를 정한

것으로 추정된다.

그렇다면 "15킬로그램이 그렇게 무거운가?"라는 의문이 들 것이다. 언뜻 생각하면 그다지 무겁지 않게 생각되겠지만, 보통사람 누구라도 15킬로그램의 가방을 들고 또 10킬로그램 정도 되는 배낭을 메고 300m이상 걷기 어렵다.

포터는 등반객의 살림살이가 들어 있는 15킬로그램의 카고백을 머리에 이고, 자신의 살림살이가 들어 있는 10킬로그램의 배낭을 메고 5000m를 오른다. 그가 하루에 받는 일당은 5달러(아무리 많아야 10달러)이다. 6일을 일하고 30달러를 받으며, 1달을 일하면 60달러를 번다(포터와 가이드는 1개월에 2회까지 산에 오를 수 있다). 우리 돈으로 7만원이 안 된다.

처음 캡틴 가이드가 우리에게 요구한 비용은 포터 일당이 10달러였다. 전체적인 비용이 너무 차이가 났기에 나는 브라질에서 온 등반객에게 일당 10달러가 합당한지 물었다. 수염이 텁수룩한 그 사내는 "very expensive"라고 말하면서 5달러만 주어도 된다고 일러주었다. 다음날 협상을 맡은 캡틴 가이드에게 말하자 그는 별 이의 없이 5달러를 받아들였다.

나의 실수였다. 적어도 7달러는 주어야 했다. 그런데 비용을 깎아야 한다는 쓸데없는 사명감에 불타 터무니없는 금액인 5달러를 부른 것이다. 킬리만자로 여행에서 가장 후회되는 일이었다. 지금도 그 포터들을 떠올리면 내가 한없이 미워진다.

정확히는 알 수 없지만 포터와 가이드는 계급에 의해 명확하게 구분되는 것 같다. 가이드는 6일 내내 등반객을 안내하면서 산행을 돕는다. 자연스레 이름도 알게 되고 이야기도 많이 나눈다. 그러나 포터들은 짐을 운

★ 킬리만자로의 포터들(위)
★ 안나푸르나의 셰르파(맨 아래)

반하는 것이 임무이기 때문에 우리와 보조를 맞출 수 없고, 이야기를 나눌 수도 없으며, 마랑구 게이트와 마란다 산장까지는 걷는 길도 다르다. 또 여러 사람이 섞여 누가 우리의 포터인지 구분도 되지 않는다.

산장에서 가만히 살펴보면 포터들은 가이드보다 한참 아래다. 가이드가 장교라면 포터는 사병인 셈이다. 그러니 노동 강도에서도 차이가 나고 일당에서도 차이가 난다. 그들의 노동이 훨씬 더 고되지만 일당은 거의 1/3 수준이다.

가이드가 자격증이 있는 것처럼 포터도 자격증이 있다. 이 자격증이 없으면 입산이 불가능하다. 가이드는 가이드스쿨을, 포터는 포터스쿨을 졸업해야 하며, 시험에 합격해야 자격증이 주어진다고 현지인이 일러주었다. 마랑구 게이트에서 출발할 때 모든 가이드와 포터는 자신의 자격증을 관리사무소에 맡긴다. 나의 추측에 -행여 그럴 일은 없지만- 포터나 가이드가 등반객의 짐을 가지고 도주(혹은 분실)하는 불상사를 막기 위한 조치가 아닐까?

11명의 포터가 6일 내내 우리와 함께 했지만 나는 그들 중 단 한 사람의 이름도 알지 못했다. 산행이 너무 힘들어 조금이라도 대화를 나누지 못하고, 조금 더 많이 일당을 주지 못한 것이 내내 가슴을 아프게 한다. 그나마 다행인 점은 포터들이 젊다는 사실이다. 그 젊음으로 험난한 앞날을 지혜롭고 힘차게 헤쳐 나가기를 간절히 바란다.

킬리만자로에 포터가 있다면 에베레스트에는 그 유명한 '셰르파'가 있다. 셰르파는 티베트어로 '동쪽 사람'이란 뜻으로 티베트계 네팔인을 가리킨다. 직업의 명칭이 아니라 원래 부족 명칭이다. 그 명칭이 변해

'히말라야 등반 안내인'으로 통용된다. 셰르파 역시 짐을 지고 산을 오르내리는 고된 노동으로 삶을 이어간다. 에베레스트는 킬리만자로에 비해 등반이 훨씬 더 위험하고 어렵다. 또 죽음도 수시로 찾아온다. 2014년 4월 18일에 발생한 에베레스트 눈사태가 이를 잘 보여준다.

> 최악 눈사태로 16명 사망·실종
> 세계 최고봉 에베레스트에서 등반 안내 전문가인 셰르파 10여
> 명이 숨지는 사상 최악의 눈사태 사고가 발생했다. 에베레스트
> 쿰부 얼음폭포(해발 5800m)에서 눈사태가 일어나 셰르파 13명이
> 숨지고 3명이 실종됐다(실종된 3명도 숨진 것으로 추정된다). 셰르파들
> 은 등반객들의 정상(8848m) 등반을 위해 알루미늄 다리를 설치
> 하다가 참변을 당했다. 네팔 정부는 희생자 가족에게 사망보상
> 금 415달러를 제시했다.

415달러! 우리 돈으로 460만 원 정도다. 인간의 목숨 값으로는 –그 나라 국민소득의 높고 낮음을 떠나– 정녕 너무 적지 않은가?

에베레스트의 셰르파와 킬리만자로의 포터는 똑같은 일을 한다. 노동력에 대한 보수는 네팔이 더 높다. 더 고되고 위험하기 때문일 것이다. 노동 강도를 떠나 일당이 5달러 혹은 10달러라는 것은 너무 적다. 이 비용을 조금 더 높여 그들과 가족, 그 나라의 삶이 조금 더 높아지기를 나는 바란다.

얼굴과 이름

기 억 하 자 . 그 들 은 나 의 친 구 이 다

70억 명의 얼굴은 각자 다르다. 일란성 쌍둥이라 해도 가만히 보면 다른 구석이 있다. 이름이 똑같은 사람이야 많고도 많지만 얼굴은 모두 다르다. 그러나 외국에 나가면 얼굴이 다 비슷비슷해 보인다. 스미스가 로버트 같고, 로버트가 존 같고, 존이 스미스 같다. 얼굴 구분하기도 어려운데 이름까지 명확하게 외우기란 더욱 어렵다.

어렵다고 제쳐놓으면 친구가 될 수 없다. 6일 동안 나와 생사고락을 함께 할 동반자의 이름을 알지 못하면 즐거운 산행이 되지 못한다. 또 급박할 때 그의 도움을 받기 어렵다. '마이클'이라는 멋진 이름을 놔두고 '헤이'라고 부르면 누군들 서운하지 않겠는가.

가장 좋은 방법은 그 이름을 팔목에 적는 것이다. 볼펜으로 적으면 6일 내내 지워지지 않으며 금방금방 부를 수 있다. 이름을 더 많이 부를

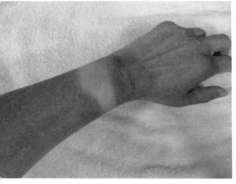

*아프리카의 햇빛은 적어도 1년은 지나야
사라진다.

수록 더 가까워지고 더 즐거운 산행
이 된다. 외울 수 있다고 과신하지 마
라. 얼굴조차 구분이 안 되는데 어찌
이름을 정확히 기억할 것인가?

　그러니 부지런히 적어라. 당신의 팔
뚝에 쓰여진 -비록 알 수 없는 한글일지라도-
자신의 이름을 보고 매우 고마워할 것
이다.

　내가 그의 이름을 불러주기 전까지
는 그저 한 명의 인간이었으나
　그의 이름을 부르자 우리는 친구가
되었다.

★ 가이드, 최소한 100번은 오른다

그들에게 킬리만자로는 산일까, 직장일까

그들은 본분에 충실하다. 나는 자신이 맡은 일에 그토록 헌신적인 사람들을 평생에 처음으로 만났다.

그들은 말이 없다. 내가 먼저 말을 건네지 않은 이상 먼저 말을 붙이지 않는다. 정상 오름의 중요한 일을 맡고 있기에 자신은 오직 안내인이라는 본분을 잊지 않는다. 그래서는 안 되지만 때로는 -비하하는 표현을 굳이 쓴다면- 하인의 신분으로서 주인을 충실하게 모시는 격이다.

그들은 서두르지 않는다. 킬리만자로에 첫발을 내딛을 때 그들이 가장 먼저 꺼내는 말은 '뽈레뽈레'다. 그 말처럼 그들은 천천히 걷는다. 비탈길에서도 천천히 걷고, 평지에서도 천천히 걷고, 바윗길에서도 천천히 걷는다. 성격이 급한 등산객은 참지 못하고 앞장서서 후딱후딱 걷는다. 그러면 그들은 어김없이 말한다.

★ 니코(위)
★ 파울로(중간)
★ 요나(아래)

"뽈레뽈레."

그렇다. 우리는 그들의 '천천히 정신'을 가슴에 새겨야 한다. 킬리만자로는 '누가 먼저 오르느냐'의 승부게임이 아니다. '과연 오를 수 있느냐'의 투쟁이다. 그 투쟁에서 이기려면 뽈레뽈레를 실천해야 한다.

우리 6명 등반객의 가이드는 모두 4명이었다. 캡틴 요나 Tuway, Yona gwanda, 어시스턴트 니코 Nicodemas gohne, 27살의 파울로 Paulo Elisene와 듬직한 마르코였다(불행히도 나는 마르코와 이야기를 많이 나누지 못했고 Full name을 적지 못했다).

한 명이 앞장을 서고, 두 명은 중간에 서고, 한 명은 마지막에 선다. 가장 뒤에서 따라오는 가이드는 절대 꼴찌 등반객을 재촉하지 않으며 어떤 경우에도 앞에서 걷지 않는다. 처진 등반객이 1분에 5걸음을 걸으면 그는 조용히 4걸음을 걷는다. 끝까지, 최후까지 그는 등반객의 안전한 산행을 책임진다.

다행인지 불행인지 4명의 가이드 모두 술과 담배를 하지 않았으며, 가톨릭 신자였다. 간혹 내 뒤를 따르면서 작은 녹음기를 틀어 노래를 들었는데 그 노래는 전부 그들의 말처럼 '가스펠송'이었다. 드넓은 킬리만자로 벌판에 성스럽게 울려 퍼졌던 그 엄숙한 멜로디가 지금도 귀에 선하다.

39살의 캡틴 요나는 머리가 희끗희끗한 노병이었다. 탄자니아의 평균 수명이 50세임을 감안하면 그는 은퇴할 나이에 접어든 셈이다. 나는 그와 가장 많은 이야기를 나누었다. 1달러 팁을 여러 차례 준 덕분인지 -꼭 그것만은 아니겠지만- 그 역시 나에게 호감을 가졌고 2일째 되던 날

"What's your name?"

이라고 처음으로 먼저 내게 말을 붙였다(가이드·포터들은 특별한 경우가 아니면 먼저 말을 걸지 않는다. 손님에 대한 예의일까?). 내가 "미스터 호"라고 일러주었으나

그는 '호' 발음을 하지 못해 '후'라 불렀다. 이후 모든 가이드·포터들은 나를 '미스터 후'라 불렀다.

요나는 우리가 머물렀던 아루샤 호텔 근처에 집이 있으며, 아내는 직업이 없고, 13살의 딸과 7살의 아들이 있다고 차근차근 들려주었다. 또 2,3,4,5월은 비수기이며 6,7,8,9월은 성수기이고, 모든 가이드·포터는 1달에 2번까지만 산에 오를 수 있다고 알려주었다. 그러면서 한국으로 돌아가 킬리만자로에 오려는 등반객이 있으면 자신을 꼭 소개해달라고 멋쩍은 웃음을 지으며 부탁했다.

나는 그에게 이제까지 몇 번이나 킬리만자로 정상에 올랐느냐고 물었다. 그는

"한 달에 두 번씩, 1년이면 최소 20번은 오른다"고 대답했다.

"가이드를 한 지 몇 년이나 되었냐?"고 묻자 '7년'이라는 대답이 돌아왔다. 그러면서 킬리만자로 정상은 100번도 넘게 올랐다고 아무렇지도 않게 말했다.

100번! 평범한 사람이 평생 한 번도 오르기 힘든 산을 그는 무려 100번 넘게 오른 것이다. 우리에게 킬리만자로는 평생의 꿈이자 버킷리스트이지만 그에게는 직장일 뿐이었다. 자신과 가족의 삶을 책임져주는, 그래서 7년 넘게 꿋꿋이 다니고 있는 직장인 것이다. 단지 일반적인 직장과 다른 점이 있다면 퇴직금이 없다는 것 아닐까.

5870m의 산을 한 달에 두 번씩 오른다는 것은 우리의 상상을 불허한다. 그가 120번 정상을 밟았다면 평생 오른 높이는 700,000m가 넘는다. 세상의 그 어떤 사람보다 높은 곳에 오른 것이다. 그럼에도 가난한 삶을 살고 있으니 그 어찌 가슴이 아프지 않을 수 있으랴.

산에 오르면 우리는 모두 친구가 된다. 그래서 세계 최초로 에베레스트에 오른 셰르파 노르게이 텐진은 이렇게 말했다.

"산에는 우정이 있다. 산만큼 사람과 사람을 친밀하게 하는 것은
없다. 어떤 험한 곳이라도 서로 손을 잡고 마음은 하나가 된다."

★ 마웬지

킬리만자로보다 더 멋진, 그러나 오를 수 없는

왠지 자꾸 저 산으로 가고 싶어진다. 킬리만자로 앞에 자리 잡은 흰칠하면서도 날카로운 산은 마술처럼 우리를 끌어당긴다. 마웬지 산이다.

킬리만자로는 3개의 봉우리로 이루어져 있다. 서쪽부터 시라봉 (3962m), 키보봉 (5895m), 마웬지봉 (5149m)이다. 흔히 말하는 킬리만자로는 키보이며 그 꼭대기를 우후루 (자유라는 뜻) 피크라 부른다. 그런데 사실 멋있기로 치자면 마웬지가 으뜸이다. 웅장하면서도 날카롭고, 육중하면서도 신비롭다. 바라보기만 해도 저절로 고개가 숙여진다. 그러기에 도전하고픈 욕구가 꿈틀댄다. 하지만 아쉽게도 그 산은 오를 수 없다.

시라, 키보, 마웬지 세 봉우리에는 전설이 있다. 옛날에 키보와 마웬지라는 거인 형제가 살았다. 게으른 동생 마웬지는 늘 형 키보에게 와서 불씨를 빌려달라고 했다. 그날도 아궁이 불이 꺼지자 마웬지는 불을 얻으러 형 키보에게 달려갔다. 키보는 바나나를 찧고 있었다.

"안녕 키보."

"안녕 마웬지."

"우리집 아궁이 불이 꺼졌어."

마음 착한 키보는 동생에게 불씨를 내주었다.

"여기 불씨랑 저녁에 먹을 바나나 몇 개를 줄게."

마웬지는 그것을 받고는 문 앞에서 바나나를 후다닥 먹어치우고 불을 끈 다음 다시 형에게 갔다.

"안녕 키보."

"안녕 마웬지."

"가는 길에 불이 꺼졌어."

"불씨랑 바나나 하나를 더 줄게."

그러나 마웬지는 몇 걸음 가지 않아 바나나를 먹어치우고, 불을 끈 다음 또 형에게 갔다.

"안녕 키보."

"안녕 마웬지."

"불이 또 꺼졌어."

화가 난 키보는 대답을 하지 않았다. 바나나를 찧던 절구방망이로 동생을 마구 때렸다. 거짓말을 3번이나 했기 때문이다. 그러자 마웬지의 머리에는 혹과 상처가 무수히 많이 생겼다. 거짓말을 한 덕분에 마웬지는 거칠고 울퉁불퉁한 산이 된 것이다.

마웬지는 1912년 독일 지리학자 클루테에 의해 처음으로 등정되었

다(사실 이 기록은 잘못일 수 있다. 태고 시대에 이 산의 정상에 오른 사람이 분명 있으리라). 킬리만자로와 마찬가지로 꼭대기는 눈으로 뒤덮여 있다. 킬리만자로가 암산(여성산)이라면 마웬지는 숫산(남성산)이다. 얼핏 보아도 킬리만자로는 부드럽고 마웬지는 거칠다. 킬리만자로는 오르기 쉬워 보이고 마웬지는 불가능해 보인다.

그런 만큼 도전자도 많았을 것이다. 어려운 일, 불가능하다고 생각하는 것, 고달픈 일, 극도의 인내심을 요구하는 일에 도전하는 것이 인간의 본능이자 의무이기 때문이다. 하지만 너무 험악해서 훈련을 받은 전문 산악인만 입산이 가능했다고 한다. 그마저도 사고가 많이 일어나 현재는 등반 금지다.

어쩌면 -전설과 연관시켜 보면- 마웬지에 오르면 거짓말하는 산에 오르는 것이므로 인간의 거짓말 본능을 억제시키기 위해 신이 그렇게 험하게 만들었는지도 모른다.

마웬지 입산금지는 언제 풀릴지 알 수 없다. 요행 운이 좋다면 당신이 킬리만자로 등정을 결정했을 때 풀릴 수도 있다. 그때 킬리만자로와 마웬지 두 곳을 모두 오른다면 당신은 아프리카의 숫산과 암산을 모두 오르는 행운을 누리리라.

실크로드, 그 머나먼 길

아 무 생 각 없 이 걷 고 또 걸 어 야 하 는 숙 명

낙타를 타고 가면 딱 좋겠다는 생각이 든다. 그런데 낙타는 좀 심란하게 생겼고 또 무섭게도 보이기 때문에 말을 타고 갔으면 정말 좋겠다는 얼토당토 않은 생각이 든다.

등반객이야 산을 오르는 것이 목적이기에 걷는 것이 당연하다 해도, 또 가이드는 등반객의 안전을 책임져야 하기에 함께 걸어야 한다 쳐도 포터는 무슨 죄란 말인가?

호롬보에서 출발해 약간 경사진 산길을 오르다가 내려서면 곧 눈앞에 무한히 뻗어나간 흙길이 펼쳐진다. 그 길의 끝에 키보 산장이 있다. 키보는 킬리만자로의 마지막 산장이자 최후의 결전장이다.

언덕에 서서 한없이 펼쳐진 흙길을 바라보면 몇 개의 시구가 떠오른다.

길은 외줄기 남도 삼백리 - 박목월 '나그네'

가도 가도 붉은 황톳길/숨 막히는 더위 속으로 절름거리며/가는

길 - 한하운 '전라도 길'

길은 한 줄기 구겨진 넥타이처럼 풀어져 - 김광균 '추일서정'

그리고 노래 가사도 떠오른다.

아아- 이 길은 끝이 없는 길, 계절이 다가도록 걸어가는 길 - 박

은희 '끝이 없는 길'

내 가는 이 길 험난하여도 그대로 인하여 힘을 얻었소…우리 가

는 길 외롭지 않소. 푸른 산이 저기 보이오 - 안치환 '내 가는 이

길 험난하여도'

굽이굽이 산길 걷다보면 한발 두발 한숨만 나오네 - 강은철 '삼

포 가는 길'

실크로드는 원래 고대(지금으로부터 2,000년 전) 중국과 서역의 무역길을 일컫는 말이다. 장안(지금의 시안[西安])에서 출발해 2개 대륙을 거쳐 지중해의 콘스탄티노플(지금의 이스탄불)까지 이어지는 대략 6400km의 비단길이다.

동양과 서양의 문명을 동시에 발전시킨 비단길은 역사 너머로 사라졌지만 명칭은 지금까지 사용되고 있다. 대 교역로, 머나먼 길, 부를 찾아 떠나는 길….

킬리만자로에도 실크로드가 있다. 정식 명칭이 무엇인지 모르겠으나

그냥, 그리고 대부분 실크로드라 부른다. 한없이 멀기 때문이다.

"길은 외줄기 남도 삼백리, 한 줄기 구겨진 넥타이처럼 풀어져 가도 가도 붉은 황톳길, 숨 막히는 더위 속으로 쩔름거리며 가는 길"이 모두 뒤섞인 길이고, "아아- 이 길은 끝이 없는 길, 굽이굽이 산길 걷다보면 한발 두발 한숨만 나오네, 내 가는 이 길 험난하여도 그대로 인하여 힘을 얻었소, 우리 가는 길 외롭지 않소, 푸른 산이 저기 보이오"가 탄식처럼 흘러나오는 길이다.

평지인 듯 싶은 15도의 길을 6시간 걸을래?

60도로 가파르게 경사진 길을 1시간 걸을래?

라고 묻는다면 선택하기 쉽지 않다.

체력이 강한 사람이라면 후자를 선택할 것이지만, 여기에서는 선택이 없다. 그저 하염없이 걸어야 한다. 저 멀리 눈을 하얗게 뒤집어쓰고 있는 킬리만자로를 보면서, 그 옆에 우뚝 솟은 날카로운 마웬지봉을 보면서….

그저 천리 밖으로 유배를 떠나는 죄인처럼 걸어야 한다.

걸으면서 호흡이 서서히 가빠진다. 4700m에 근접해가기 때문이다. 백두산(2750m)보다 무려 2000m 가까이 오른 것이다. 그러니 숨이 가빠지지 않을 수 없고, 고산증 증세가 나타나는 사람은 시나브로 두통과 멀미가 엄습한다.

그래도 걱정하지 마라.

그 누구라도 이 비단길은 통과할 수 있다. 6시간이 아니라 10시간이 걸려도 괜-찮-다. 뽈레뽈레 걸으면 어느덧 키보 산장에 도착한다.

가슴이 아픈 것은 무거운 짐을 머리에 이고 또 어깨에 메고 걷는 포터들이다. 등반객은 걸어야 당연하지만 그들은 노동을 하는 것이기에 그 수고를 덜어줄 필요가 있다. 실크로드의 초입에서 '키보 산장 아래까지 마차를 끌면 참 좋을 텐데' 라는 생각이 들었다. 말을 6마리쯤 길러 마차에 등반객의 짐을 전부 실어 나르면 포터의 어깨가 얼마나 가벼워질까, 하는 탄식이 나왔으나… 불가능할 것이다. 그저 부질없는 착상이다.

실크로드는 끝이 날 것 같지 않은 돌과 모래, 바위, 흙의 혼합체이다. 그 길을 숙명처럼 걸어야 한다. 묵묵히, 아무것도 생각하지 말고, 천천히, 여유롭게 걸어라. 내가 전생에 -아주아주 옛날- 비단을 한가득 싣고 6400km를 걸었던 낙타라 생각하라.

그 낙타의 수고로움을, 당신의 짐을 머리에 이고 가는 포터의 애절한 노동을 마음에 새기자.

★ 이정표

이것은 '소리 없는 아우성'이 아니라 '소리 없는 초대장'이다. 이 길로 오세요 혹은 저 길로 가세요 라고 우리를 초대한다. 그 화살표를 따라가면 휴식처가 있고 샘물이 있고 해우소解憂所(화장실)가 있고 아늑한 잠자리가 있다. 어쩌면 사랑도 있으리라.

얼마를 더 걸어야 하는지 알려주는 이정표는 때로는 위안이 되지만 반면 좌절도 된다. 마음먹기 나름이다. "아하! 2.8km만 걸으면 오늘의 행군은 끝나는구나"는, 긍정적 반응이다. "오매! 2.8km나 더 걸어야 하다니"는, 당신을 더 지치게 한다.

그러므로 이정표 앞에 서면 감사의 마음으로 스스로를 다독여라.

"길이 가깝다고 해도 가지 않으면 도달하지 못한다." - 순자

또한 그곳에 이정표를 세운 사람의 손길에 고마워하자. 이정표는 나그네가 꼭 지칠 만한 곳에 세워져 있다. 그는 자신이 직접 길을 걸은 후 그 험난한 노정을 거울삼아 이정표를 세웠다. 그나 우리나 똑같은 인간임을 잘 알기 때문이다.

갈림길에 섰을 때 어느 곳으로 가야 하는지 알려주는 이정표가 인생길에도 있다면 얼마나 좋을까?

이쪽으로 가면 호롬보요, 저쪽으로 가면 우흐르피크이며, 앞으로 2.8km를 더 가야 한다고 알려주는 이정표가 인생길에도 있다면….

이쪽으로 가면 출세길이요, 저쪽으로 가면 망하는 길이라고 확실하게 알려준다면! 지금 어둠속에 웅크리고 있다 해도 3년 후에는 찬란한 햇빛이 활짝 비출 것이라 알려준다면!

그러나 고속도로에, 갈림길에, 킬리만자로에 이정표는 요소요소에 세워져 있으나 우리 인생길에 이정표는 없다. 그럼에도 곰곰이 생각해보면 인생길의 이정표는 숱하게 많다. 나보다 앞서 살았던 모든 사람들의 삶이 사실 이정표인 셈이다. 성공한 사람은 성공 방식을 이정표에 담았고 실패한 사람은 실패 기법을 이정표에 새겼다.

그 이정표를 보고 따라가면 누구든 성공의 길로 갈 수 있다. 설사 성공을 거머쥐지 못한다 해도 적어도 실패는 모면할 수 있다. 평범한 삶을 사는 것만으로도 얼마나 행운인가?

그럼에도 우리는 실패의 길을 걷는다. 이정표가 번연히 눈앞에 서있음에도 죽자사자 실패의 길을 따른다. 인간은 태생적으로 어리석은 동물 아닌가?

* 뚜르드 몽블랑의 이정표

"인생에 있어서 가장 큰 기쁨은, '너는 그것을 할 수 없다'고 세
상 사람들이 말하는 그 일을 성취시키는 일이다." - 월터 배죠트

킬리만자로 이정표 앞에서 나는 어떠한 길을 따라왔는지 곰곰 되돌아
보았다. 분명 성공은 아니었다. 반면 실패도 아니었다. 판단을 내리기에
는 아직 내가 어렸다. 그러므로 당신 역시 이정표 앞에 서면 자신의 인생
을 판단하려 하지 마라. 아직 가야 할 길이 멀다.
높고 험한 그 길에 이정표를 세운 사람의 손길을 고마워하는 것만으로
충분하다. 감사의 인사를 올리고 다시 떠나라. 인생길뿐만 아니라 등반
길 또한 여전히 멀다.

★ 키보 산장

결 전 을 기 다 리 는 마 지 막 베 이 스 캠 프

이제 이곳에서 승부가 판가름 난다. 그러므로 마음을 굳게 먹어야 한다. 정산을 향해 도전할 것인지, 머무를 것인지 스스로 결정해야 한다.

> 인간은 운명에 도전한다. 언제든지 한번은 모든 것을 바치고 몸
> 을 위험에 내맡기지 않고서는 그 대가로서 커다란 행복과 자유
> 를 얻을 수 없다. - 몽테롤랑

그러나 도전하지 못했다 하여 실망하지 마라. 여하튼 당신은 4700m까지 올랐다.

키보 산장은 킬리만자로 마랑구 게이트 등산로를 통한 마지막 베이스 캠프다. 마란다 산장이나 호롬보 산장과 달리 아름답지도 않고 낭만적이

지도 않으며 숙소는 딱 하나다. 관리사무소 1개, 포터 숙소 1개, 등반객 숙소 1개가 전부다. 등반객 숙소는 군대 막사처럼 길고 여러 개의 방이 있으며 방 1개마다 침대도 많다. 하지만 등반객은 극히 적다.

하루를 머무르는 곳이 아니라 정상 오름을 준비하는 곳이라는 이미지가 강하다. 키보 산장에 오르는 마지막 100여m는 몹시 험하면서도 아름답다. 특히 입구에 삐죽이 솟아 있는 바위는 곧 정상이 가까웠음을 직감적으로 깨닫게 해준다.

우리 팀의 대원은 이 바위 위에 홀로 올라 1시간 동안 목이 터져라 노래를 불렀다. 고소증을 전혀 느끼지 못한 그 '위대한' 대원은 그 높고 넓은 킬리만자로 4700m 등성이에서 원시의 햇빛을 받으며 마음을 활짝 열고 원없이 노래를 불렀다. 내일을 위한 결전을 마음속에 새기면서.

그러므로 당신도 키보 산장에 도착하거들랑 숙소에 짐을 푼 후 바위에 올라 목청껏 노래를 불러라(당신의 스마트폰에는 적어도 100개 이상의 노래가 저장되어 있을 것이다). 그 힘으로 내일 새벽 정상에 오를 것이다.

숙소는 약간 어둡고 전체적으로 무겁다. 영락없는 군대 내무반 같다. 식사도 그 안에서 한다. 밥을 먹는다는 즐거움은 사라지고 살기 위해 -산을 오르기 위해- 억지로 입안에 밀어넣는다.

산장에 도착하면 관리사무소에 들러 사인을 한 뒤(이는 모든 산장마다 똑같다) 가벼운 몸풀기 운동을 하고(바위에 올라 노래를 부르는 것도 좋은 몸풀기다), 저녁을 먹은 후 따뜻한 옷으로 갈아입고 곧 잠을 자기 바란다. 산장에 도착하면 대략 4~5시 무렵이지만 지금부터 잠을 자두어야 밤 12시에 무리 없이 일어날 수 있다. 키보 산장은 오로지 정상 오름을 위한, 즉 전쟁터에

나가기 위한 준비처임을 잊지 마라.

   밤 12시, 당신이 키보 산장을 떠나 정상을 향해 출발했으면, 성공을 바란다. 그러나 성공하지 못했다 해도 우울해 하거나 실망하거나 자책하지 마라. 셰익스피어는 "전쟁에 있어서도 전쟁이 최후의 목적은 아니다"라고 말했다. 이 말을 바꾸어 말하면
   "등산에 있어 정상 정복이 최후의 목적은 아니다."
   그럼에도 반드시 정상에 올라 깃발을 꽂기를 간절히 바란다.

고산증, 어떻게 해야 할까?

부 딪 쳐 보 아 야 알 수 있 다

    아주 오래 전에, 참을 수 없는 두통으로 병원에 찾아가자 의사는 첫 마디로 "물을 많이 마시세요"라고 말했다. 얼굴에 뾰루지가 나서 피부과 병원에 가자 의사는 첫 마디로 "물을 많이 마시세요"라고 말했다.

    키보 산장에 도착해 내가 고산증세로 비틀거리자 가이드 요나는 첫 마디로 "Drink water much"라고 말했다. 물은 만병통치약인가? 그렇지는 않다. 고산증 앞에서는 모든 것이 다 무기력하다.

    고산증은 높은 곳에 올라갔을 때 몸에 찾아오는 이상 증세다. 사람마다 다르겠지만 킬리만자로에서 고산증 여부는 키보 산장에서 결정된다. 즉 4700m 내외에서 정상에 오를 수 있는지 없는지가 운명적으로 판가름 난다.

희한하고도, 불안하게도 누가 고산증에 걸릴지는 아무도 알 수 없다. 등반 전문가라 해도 고산증에 걸려 정상에 못 오를 수도 있고, 완전한 풋내기 등반가가 고산증에 걸리지 않아 너끈히 오를 수도 있다. 즉 부딪쳐 보아야 한다(인생도 이와 마찬가지 아닐까). 그러므로 미리 불안해하거나 전전긍긍할 필요는 없다.

고산증은 체력과 관계가 없고 (내 생각에) 체질의 문제다. 즉 매운 것을 잘 먹는 사람이 있는가 하면 먹지 못하는 사람이 있는 것과 같은 이치다.

고산증 증세는 간단하다. 또 본인이 즉각 판단할 수 있다. 키보 산장에 도착했을 때 두통, 멀미, 오한이 찾아오고 몸에 힘이 풀리면서 숨쉬기가 고통스러워지면 고산증에 걸렸다는 뜻이다. 두통은 매우 극심해서 진통제를 먹어도 큰 효과가 없다. 그저 이불을 뒤집어쓰고 잠을 자야 한다. 몸이 아프기 때문에 밥을 먹지 못하고, 가이드의 충고처럼 물을 많이 마셔도 회복되지 않는다. 키보 산장에는 숙소 아래 30m쯤에 화장실이 있는데 이 화장실에 갔다 오는 것도 엄청난 고역이다.

똑같은 고산증 증세가 찾아와도 어떤 사람은 다행이 3~4시간 후에 회복된다. 그 사람은 정상을 향해 출발은 하지만 레오파드 포인트(대략 5200m 내외) 이상은 오르기 어렵다. 즉 정상에 오르지 못하고 내려와야 한다. 고산증은 그만큼 위력이 세다.

한국에서 출발하기 전에 고산증 약을 사가라고 이야기하는 사람도 있다(고산증 약은 병원 처방이 있어야 한다). 그러나 고산증 약은 고산증을 극복하는 데 도움이 되지 못한다. 해발 4700m에서 찾아온 고산증을 약 서너 알로 극복할 수 있을까? 거대한 자연 앞에서 약 서너 알은 아무런 효험이 없다. 진통제를 먹고 어설프게나마 잠을 잔 뒤 다음 날 아침 일찍 하산하는 것이 최고의 치료제다.

　당신에게 고산증이 찾아와 킬리만자로 정상에 오르지 못했다 하여 서운하거나 억울하다고 생각하지 마라. 키보 산장까지 갔다는 사실만으로도 당신은 큰일을 해냈다. 백두산보다 무려 2000m를 더 올랐기 때문이다.

· 고산증에 걸릴 확률이 높은 사람
만성 두통(혹은 편두통)이 있는 사람, 추위를 많이 타는 사람, 보통 이하의 체력을 가진 사람은 고산증에 걸릴 가능성이 높다(내 생각에).

· 고산증 예방하기
평소에 운동을 많이 하고, 1년에 10회 이상 산에 오르는 훈련을 하는 것이 가장 좋다.
호롬보를 출발하면서부터 간식과 물을 많이 마시고, 아주 천천히 산을 올라라. 절대 서둘지 마라. 키보 산장에 도착하는 즉시 따뜻한 옷으로 갈아입는다(역시 내 생각에).

이제는 정상이다

* 이 글은 킬리만자로 우후르피크 정상에 오른 이범구 대원의 글이다.

"청춘, 이는 듣기만 하여도 가슴 설레는 말이다." 나는 이 말을 늘 가슴에 새기고 산다. 풋풋하던 고등학교 철부지 시절, 국어시간에 배운 이 말은 60을 바라보는 지금도 내 가슴에 뚜렷하게 새겨져 있다.

그러기에 나는 늘 젊은이의 마음으로 세상을 보려 하며, 청년의 자세로 세상을 살아가려 한다. 가장 좋은 방법의 하나는 산을 오르는 것이다. 산의 소나무는 늘 푸르다. 요즘에는 소나무를 보기가 힘들어졌음에도 등반길과 하산길에 종종 마주치는 소나무는 내게 청춘의 마음과 도전정신을 늘 일깨워준다.

킬리만자로!

무엇이라 말해야 할까? "이는 듣기만 하여도 가슴이 뛴다"가 정답이다.

처음 킬리만자로를 계획한 것은 2013년이었다. 등반대원들을 모집했는데 여의치 않은 사정이 생겨 1년 뒤로 미루었다. 그때 황열병 예방주사를 맞았는데 3일 동안 꼼짝도 못하고 앓아누웠다.

킬리만자로는 산을 사랑하는 사람들의 영원한 로망이다. 물론 최종 목표는 에베레스트이겠지만 그곳은 강한 훈련과 오랜 준비가 필요하기에 우선 킬리만자로를 목표로 삼았다. 5000m를 무산소 등정으로 오를 수 있는 산이라는 점도 크게 작용했다.

산에 대해서는 늘 강한 인내심과 존경심을 가지고 있음에도 킬리만자로로 출발하기 전에 큰 골칫거리가 생겼다. 지독한 독감에 걸려 몸의 상태가 말이 아니었다. 1주일 넘게 병원에 다녔으나 끝내 완치되지 않은 상태에서 감기약만 몽땅 싸짊어지고 비행기에 올랐다. 이 상태에서 고산증까지 오면 정상 정복은 실패할 확률이 높았다.

다행히 마랑구 게이트를 출발해 키보 산장까지 가는 등정길에 큰 어려움은 없었다. 감기는 서서히 떨어져 나갔고, 음식도 그럭저럭 먹을 만했다. 키보 산장에서 2명이 고산증으로 낙오되고 4명은 최후의 결전장으로 향했다.

나는 길고 긴 실크로드를 지나 키보 산장에 도착하자 숙소에 짐을 풀어놓은 뒤 밖으로 나와 바위에 올랐다. 그 바위는 칼처럼 비죽비죽 솟았고 킬리만자로의 대평원이 한눈에 바라보이는 곳이었다. 오후 5시 무렵 서쪽으로 서서히 가라앉는 뜨거운 태양을 마주하고 서서 나는 바위에 올라 노래를 부르기 시작했다.

원시의 햇빛과 차가운 바람을 온몸으로 맞으며 나는

> "먼 곳에 있지 않아요 / 내 곁에 가까이 있어요 / 하지만 안을 수
> 없네요 / 그대 마음은 아주 먼 곳에 / 그대가 내 곁을 떠나갈 때"
> - 마음과 마음 '그대 먼곳에'

를 시작으로 갈대의 순정, 이별의 부산 정거장, 허공, 잊혀진 계절, 어디쯤 가고 있을까, 내고향 충청도… 를 부르고 나니 2시간이 훌쩍 지났다. 청중은 하늘을 맴도는 흰목까마귀 두 마리와 바위산, 돌무덤, 실크로드의 거친 모래, 저 멀리 만년설을 뒤집어쓴 킬리만자로가 전부였다.

그리고 밤 12시에 일행 4명, 가이드 3명(총 7명)과 함께 키보 산장을 나섰다. 하얀 달이 빛나는 거친 모래밭 길에 첫발을 내딛었을 때 정상에 오를 수 있다는 자신감이 충만했다. 그동안 내가 오른 산 중에 가장 높은 5895m지만 내 앞에 걸림돌은 없었다. 그럼에도 겸손한 마음과 지난 5일 동안 터득한 뽈레뽈레의 정신으로 한 걸음 한 걸음 위로 올라갔다.

숨이 턱턱 막히고, 길은 어둡고, 춥고, 손이 저려오고, 갈증이 나고, 발은 계속 미끄러지고(마사토이기에 까딱 잘못하면 추락할 수 있다), 졸리고, 배가 고프고… 표범이 왜 이곳에서 죽었는지 그 이유를 알 것 같았다.

그럼에도 우리는 서로를 격려하며 차츰 앞으로 나아갔다. 그렇게 4시간이 조금 지난 뒤 숨을 헐떡이며 길맨스 포인트에 도착했다. 밤 12시에 출발하는 이유는 킬리만자로에서 일출을 보기 위해서다. 또 낮에는 뜨거운 태양 때문에 오르기가 더 힘들다. 희부옇게 밝아오는 아침해를 잠깐 감상한 뒤 또다시 정상을 향해 기어오르기 시작했다.

이제 남은 거리는 500m다. 키보에서 길맨스 포인트까지는 75도의 거친 경사면이었으나 이후에는 약간 평지다. 떠오르는 해를 보았기에 내 마음 속에는 희열이 가득했다. 그 어떤 고난이 닥쳐도 남은 500m는 반드시 오르리라 굳게 다지면서 다시 발걸음을 떼었다. 이윽고 2시간이 흐르자 저 멀리 우흐르피크의 정상이 보이기 시작했다. 반면 배가 고프고 여전히 졸 립고, 추위 때문에 손끝이 더 찌릿찌릿 저려왔다. 여기에서 쓰러지면 아무 것도 아니다. 나는 온힘을 다해 걸었고…드디어 정상을 밟았다.

아, 그 기쁨과 희열이란!

눈이 쌓인 정상에서 저 멀리의 거대한 원시 빙벽과 끝없이 펼쳐진 킬 리만자로의 웅장한 모습을 보며 우흐르피크가 왜 '자유'라는 뜻을 지니 고 있는지 새삼 깨달았다. 그렇다. 그것은 자유다. 정복이 아니며, 기쁨이 아니며, 투쟁도 아니다. 그저 원초적인 자유다.

"나도 이제 해냈다"라고 큰소리로 외친 후 그 자리에 우뚝 서서 하늘 과, 조국, 가족과 내 자신에게 감사 기도를 드렸다. 나의 존재를 깨닫게 해준 킬리만자로에게 무한한 감사를 드린 것은 두말할 나위도 없다.

사람들은 왜 내게 킬리만자로에 갔느냐고 묻는다.

환갑을 바라보는 나이에 무엇을 얻고자 그 험한 곳까지 갔느냐고 묻는다.

이 질문에 무엇이라 대답할까? 나는 철학자가 아니며, 시인도 아니고, 정치가도 아니다. 멋진 말을 남길 위인이 되지 못한다. 고달픈 삶을 살아 가는 대한민국의 평범한 서민이다. 그것도 낼모레면 60을 바라보는….

킬리만자로는 내게 그리움이었다. 사랑이었고, 존재의 증명이었다. 그 리웠기에 찾아갔고 그곳에서 나를 발견했다. 설사 내가 정상에 오르지

★ 정상에 오른 세 사람(왼쪽부터 이범구, 박순자, 김성경)

못했어도 크게 서운해 하지 않았을 것이다. 그럼에도 정상에 올랐으니 어찌 킬리만자로를 사랑하지 않겠는가?

살면서 그리움이 있고, 순수한 사랑을 깨닫고 싶고, 나를 되찾고 싶으면 망설임 없이 킬리만자로에 가라. 그 웅대한 산이 그대를 따뜻하게 품어 주리라.

* 다음은 김성경 산행대장의 글이다.

킬리만자로 우후르피크 정상에는 이렇게 쓰여 있다.

CONGRATULATIONS!
You are Now at Uhuru Peak
5895m A.M.S.L
TANZANIA
Africa's Highest Point
World's Highest Free Standing mountain
World Heritage Site

과연 이 글을 볼 수 있을 것인가?

과연 정상에 깃발을 꽂을 수 있을 것인가?

밤 12시, 키보 산장을 나섰을 때 내 가슴에는 설레임과 두려움의 두 마음이 교차했다. 아프리카 최고봉에 오른다는 설레임과, 과연 고난을 극복하고 6~7시간의 사투 끝에 정상을 밟을 수 있을까 하는 두려움이 동시에 찾아왔다. 그러나 지난 10년 가까이 국내외 400여 산을 오른 노하우가 있었기에 자신감이 더 앞섰다. 특히 겨울 산행을 많이 한 덕분에 추위는 큰 걸림돌이 되지 못했다.

하지만 산장 밖을 나서는 순간 매서운 칼바람과 영하 20도를 오르내리는 추위는 발을 떼기 힘들게 만들었다. 그럼에도 우리 7명은 굳은 각오로 한 걸음 한 걸음 위로 올라가기 시작했고 어둠 속에서도 서로를 격려하며 정상을 향해 나아갔다.

머릿속에는 아무런 생각이 없었다. 그저 '나는 오른다'는 생각 외에.

바람이 옷 속으로 파고들고 손가락이 얼얼하고 숨이 거칠어 왔으나 잠시라도 쉴 틈이 없었다. 우리의 체력이 그만큼 강해서가 아니라 너무 추워서 쉴 수가 없었다. 한시라도 빨리 정상에 오르는 것이 가장 큰 휴식이었다.

키보 산장에서 길맨스 포인트까지는 흙길이지만 경사가 심해 자칫 미끄러져 추락할 위험이 많았다(어두운 밤이기에 아마추어들은 각별한 주의를 기울여야 한다). 새벽 4시 30분 무렵 길맨스 포인트에 올라 희미하게 떠오르는 아침 해를 잠깐 본 후 다시 위를 향해 오르기 시작했다. 한 대원은 잠시 후 가이드 1명과 함께 하산해 일행은 5명으로 줄었다.

우리는 끝까지 가야 한다고 서로를 격려하며 1시간 30분의 사투 끝에 드디어 새벽 6시에 우흐르피크에 도착했다.

그 감격은…눈물 한 방울이었다.

6명이 한국을 출발해 머나먼 탄자니아까지 왔다는 사실, 4700m의 키보까지 무사히 왔다는 안도감, 그럼에도 너무 아쉽게 3명은 정상에 오르지 못했다는 안타까움으로 나는 눈물 한 방울이 흘렀고, 떠오르는 찬란한 원시의 태양을 보며 기쁨의 눈물 한 방울을 흘렸고, 순박한 아프리카 사람들의 따뜻한 정에 눈물 한 방울을 흘렸다.

저 멀리 보이는 태고의 빙벽! 그것은 어마어마한 경이였다. 이 열대의 나라에도 절대 녹지 않는 눈과 얼음이 두껍게 쌓여 있다는 사실이 정녕 놀라울 뿐이었다. 특히 아침 태양을 받으면서 하얀 빙벽이 황금색으로 서서히 변하는 모습은 평생 잊을 수 없는 아름답고 숭고하기조차 한 풍광이었다.

그러나 그 감격과 기쁨을 오래 누릴 수 없었다. 정상 정복의 기쁨은 15분이면 충분했다. 뼛속까지 얼어붙게 만드는 추위와 지독한 배고픔은 우리를 현실로 내몰았다. 이제 발걸음을 되돌려 이 고통을 풀어야 했다.

아쉬움을 뒤로 하고 키보 산장으로 돌아오자 아침 9시 30분이 되었고, 너무너무 배가 고팠으나 너무너무 지쳐서 그대로 쓰러져 잠이 들었다. 그러나 아련한 꿈속에서도 아프리카 최고봉에 올랐다는 희열은 사라지지 않았다.

킬리만자로는 고행의 산이다. 노래 가사처럼 낭만적이지만은 않다. 그러나 어떠한 마음가짐을 가지고 있는지, 출발 전에 얼마만큼 준비를 철저히 하는지에 따라 평생 잊을 수 없는 추억과 기쁨, 감동을 안겨준다. 특히 아프리카의 낯설고 기묘한 풍경과 순박하면서도 원시의 삶을 살아가는 아프리카인들의 따뜻함이 더해져 마음속에 아름다운 추억으로 각인된다.

누구인들 삶이 고달프고, 서럽지 않을까? 누구인들 번민과 짊어지고 나가야 할 삶의 무게가 없을까? 그럴 때 현실의 고단함을 잠시 미뤄두고 킬리만자로로 떠나라. 그대의 아픔과 상처를 킬리만자로는 따뜻하게 어루만져 줄 것이다.

정 상 등 반 시 주 의 사 항

- 옷은 따뜻하게 입되 간편해야 한다.
- 등산화 속에 핫팩을 붙이면 추위를 물리치는 데 도움이 된다.
- 배낭의 무게는 최소한으로 하라.
- 키보 산장-길맨스 포인트까지는 급경사이고 지그재그이며, 어둡기 때문에 극히 조심해야 한다.
- 배가 몹시 고프므로 출발 전에 음식을 꼭 먹고, 간식을 가지고 가라. 배고픔 때문에 정상에 오르지 못할 수 있다.

---

4 부

킬리만자로의
표범은
진실인가,
거짓인가

★

킬리만자로의 꽃

사방 천지에 널린 것이 꽃이지만 또 정작 꽃을 보려 하면 절대 눈에 띄지 않는다. 생명이라는 것은 무척 끈질긴 것이어서, 특히나 식물은 깨알만한 씨앗에서 생명을 피워내기에 바늘보다 작은 틈에서도 꽃을 피워낸다. 아스팔트나 시멘트로 도배된 길의 한쪽 귀퉁이에 슬며시 피어난 민들레 노란 꽃을 보자면 탄성이 절로 나온다.

> "꽃을 주는 것은 자연이고 그 꽃을 엮어 화환을 만드는 것은 예술이다." – 괴테

저 질긴 생명력은 도대체 어디에서 나온 것일까?
그것은 우주가 그에게 준 본능에 바탕을 둔다. 식물과 동물 모두 태어

★ 킬리만자로의 야생화(위)
★ 안나푸르나의 야생화(맨 아래)

나는 순간 생명에 대한 의무를 간직하고 있다. 그래서 필사적으로 생명을 유지하고 또 이어나가려 한다. 자신에서 그치는 것이 아니라 후대에까지 영원히 이어지도록 온 힘을 기울이다. 그러하기에 황량한 시멘트길, 검은 아스팔트길, 돌담 틈, 고층 건물의 외벽... 그 어디를 가리지 않고 흙만 있으면 아름다움을 피워낸다.

꽃은 어느 높이까지에서 생존이 가능할까? 지구에서 가장 높은 8848m의 에베레스트에도 꽃이 있을까? 어쩌면 있을 것이다. 단지 인간이 찾지 못했을 뿐이리라. 표범이 얼어 죽었다는 킬리만자로에도 꽃이 필까?

무수히 많은 야생화가 핀다. 단지 아쉬운 점은 무리지어 피어나는 꽃밭이 아니라 드문드문 홀로 자생한다는 점이다. 어쩌면 홀로이기에 더 아름답지 않을까. 그렇게 홀로 피어나 우리를 기다린다. 평생 한번 오르는 킬리만자로를 각인시키기 위해 돌 틈에 피어, 모래밭 위에 피어, 풀숲에 수줍게 피어 우리를 기다린다.

꽃은 왜 피는 것일까?

인도의 시성 타고르는 詩 기탄잘리(신께 바치는 노래)에서 이렇게 노래했다.

> 당신의 말씀은 노래가 되어 나의 모든 새들의 둥지에서 날아오를 것입니다.
> 당신의 선율은 나의 숲에서 자라고 있는 나뭇가지의 꽃으로 피어날 것입니다.

꽃은 그대의 선율(노래)이다. 당신이 부르는 노래가 한 송이 꽃으로 피어나는 것이다.

그 꽃을 만나러 가자. 순수하게 붉은, 노란, 흰, 파란 옷을 입은 야생화를 만나러 가자. 태고의 아름다움을 간직한 이름 모를 꽃들에서 삶의 의미를 깨달아보자. 황량한 바위틈에 꽃이 피어나는 이유는 당신과 만나기 위해서다.

★
표범은 있을까

헤밍웨이는 대체 무슨 말을 했는가?

고등학교 학창시절, 수업 끝을 알리는 종(혹은 벨)이 울리면 우리는 이렇게 외쳤다.

"누구를 위하여 종은 울리나!"

아주 멋진 이 문장은 헤밍웨이 Ernest Miller Hemingway 의 장편소설 제목이다. 원제는 〈For Whom the Bell 弔鐘 Tolls〉인데, 그의 소설 〈노인과 바다〉, 〈무기여 잘있거라〉 등은 유명하지만 그가 장총으로 자살(62세)했다는 사실은 잘 모른다(그의 아버지는 권총으로 자살했다). 노벨문학상까지 받은 그가 왜 자살을 했는지 그 이유는 정확히 밝혀지지 않았으나 우울증 때문인 것으로 추정한다.

그의 단편소설 중 하나가 〈킬리만자로의 눈 The Snow of Kilimanjaro, 1936〉이다. 이 소설의 첫머리에는

> "킬리만자로, 해발 5895m의 눈 덮인 산, 아프리카 대륙에서 가
> 장 높은 산이라 한다…. 그 서쪽 봉우리 근처에는 말라 얼어붙은
> 표범의 시체 하나가 나둥그러져 있다. 그 표범이 그 높은 곳에서
> 무엇을 찾고 있었는지는 아무도 말해주지 않았다."

라고 실려 있다.

헤밍웨이의 말은 과연 사실일까? 단순한 픽션(허구)인가, 아니면 사실
에 바탕을 둔 서술인가? 생물학적으로 표범은 고산증 때문에 킬리만자
로 정상 부근에 오르지 못한다. 설사 올랐다 해도 먹을 것이 없어 굶어죽
거나, 추워서 얼어 죽는다. 동물은 본능에 따라 행동하기 때문에 돌연변
이 표범이 아닌 이상 절대 높은 산에 오르지 않는다.

> "내가 대결해온 그 숱한, 아프리카의 맹수들 중에서 가장 두렵고,
> 위험하며, 조용하며, 영리하고, 용감하고, 날쌔며, 실수를 모르는
> 동물, 그것은 사자도 호랑이도 아닌 바로 표범이란 맹수다."
>
> — J. 헌트

그래서 헤밍웨이의 묘사는 논란의 대상이었다.

나는 정말 표범이 킬리만자로에서 얼어 죽었는지 궁금하여 등반객들에
게 물었다. 호롬보 산장에서 만난, 영국에서 왔다는 30세 후반의 남자에게

"Do you know Kilimanjaro leopard that freeze to death?"

라고 묻자

"Yes."

라고 대답한 뒤 무어라 무어라 빠르게 쏟아냈는데, 요지인즉슨,

"표범이 얼어 죽은 것은 사실이다. 그러나 그것은 최근의 일이 아니라 약 1만 년 전 빙하기 시대의 일이다."

빙하기? 이렇게 되면 동사한 표범은 아무것도 아니다. 빙하기에 얼어 죽은 동물이 전 세계적으로 어디 한두 마리이겠는가? 그래서 그 옆에 멀뚱하게 서 있는 탄자니안 가이드에게 같은 질문을 던지자 그 역시 "Yes"라고 대답한 뒤 "I think because of cold & no food"라고 내 노트에 적어주었다. 그런 다음 Octaian Pius Kessy, 37 라고 자신의 이름과 나이까지 친절하게 써주었다.

내가 알고 싶은 것은 '죽은 이유'가 아니라 '정말 표범이 죽었는가?' '왜 그곳까지 올라왔는가?'였는데 그것은 알아내지 못했다. 한국으로 돌아와 인터넷을 뒤지자,

- 1926년 9월 루터교 선교사 리처드 로쉬[Richard Reusch]가 킬리만자로 정상 분화구 아래 5638m 지점에서 얼어 죽은 표범의 사체를 발견했다.

- 로쉬는 킬리만자로를 수십 번 올랐는데 표범의 사체를 발견하고는 사진을 찍었다.

- 그리고 표범의 한쪽 귀를 잘라 가져갔다. (오 마이 갓!)

- 그 후 표범의 사체는 사라졌다.

는 글이 있었다. 그리고 놀랍게도 '얼어 죽은 표범과 그 옆에 있는 2명'의 사진도 인터넷에 나와 있었다. 이로써 표범이 얼어 죽은 것은 사실로 밝혀졌다. 헤밍웨이는 이 이야기를 전해 듣고 〈킬리만자로의 눈〉을 쓰지 않았을까?

로쉬가 표범의 사체를 발견한 곳은 레오파드 포인트[leopard point]라 부른다. 킬리만자로 등정 안내문을 보면 이 포인트에 표범 동상(박제품)이 있다고 설명되어 있으나 우리 일행 중에 그것을 본 사람은 아무도 없었다.

정작 중요한 것은 왜 표범이 그곳에 올랐는가이다. 여기에 대한 답은 "No one knows quite what the leopard was doing up here"이다.

하지만… 누구라도 킬리만자로에 오르면 그 이유를 어렴풋이나마 짐작한다. 불행히도 나는 정상에 오르지 못했기에 그 이유를 추정하지 못한다. 다만 '더 높은 곳을 향해'라고 생각한다. 인간이든 동물이든 더 높은 곳을 향해 나아가는 것은 본능이자 숭고한 소명 아닐까? 그 반대로 저 낮은 곳을 향해 가는 사람도 있다.

당신이 우흐르피크에 오르면 그 이유를 분명 찾아내리라 믿는다. 그 이유를 찾아내 가슴속에 새기기 위해 킬리만자로로 떠나라.

자이언트 세네시아

나 무 도 아 닌 것 이 , 꽃 도 아 닌 것 이

갑자기 나타난 이 나무(어쩌면 선인장)를 보면 참으로 기이하다. 첫째는, 저 것은 대체 무엇인가? 라는 의문이다. 둘째는, 왜 저런 모습인가? 이다. 셋 째는, 왜 이곳에 저렇게 피어 있는가? 라는 궁금증이다. 그것도 드문드문.

자이언트 세네시아는 나무도 아니고 꽃도 아니다. 얼핏 보면 거대 한 선인장이다. 그 이름도 정확히 밝혀내기 쉽지 않다. 가이드는 단순 히 '세네시아'라고 말했으나 구글에 들어가보면 Giant Senecio, Giant Groundsel Senecio 혹은 Dendrosenecio라 표기되어 있다. 세네시오인 지 세네시아인지도 알기 어렵다.

아무렴 어떠랴. 그 거대한 선인장이 그곳에서 자라고 있다는 사실이 중요하다. 끝없는 초원에 갑자기 우뚝 서서 당신을 기다리고 있다는 사 실이 반갑다. 낮게 엎드린 풀들과 수많은 잡목들을 바라보며 변치 않는

푸른 모습으로 서 있는 모습이 신기하면서도 고맙다. 그 아래에 서면 커다란 우산 아래에 있는 느낌이다. 세상의 거친 바람과 빗방울에서 나를 보호해 줄 것 같다.

세네시아를 본 것만으로도 킬리만자로 산행은 결코 아깝지 않다.

> 자이언트 세네시아$^{Giant\ Senecio}$는 적도의 고산지대에서 자란다. 수명은 120년이며, 죽은 잎은 추위로부터 줄기를 보호하기 위해 떨어지지 않고 붙어 있다 추운 밤이 되면 잎을 오므려 자신을 스스로 보호한다.

은하수, 저 별들은 다 어디에서 왔을까

세 상 태 어 나 처 음 으 로 은 하 수 를 보 다

별이야 항상 하늘에 떠있다. 어찌 별뿐이랴, 해와 달도 항상 하늘에 떠
있다. 단지 낮에는 달과 별이 보이지 않을 뿐이고, 밤에는 해가 보이지
않을 뿐이다.

우주에는 별이 전부 몇 개나 있을까? 정답은 '알 수 없다'이다. 대략적
으로 추산하기에 1개의 은하에는 약 1000억~2000억 개 이상의 별이 있
고, 우주에는 약 1000억~2000억 개 이상의 은하가 있다. 1000억×1000
억은 어지간한 계산기로는 계산이 안 된다. 1 다음에 0이 22개가 붙는다.
엄청나게 많은 숫자임에도 이는 현대 망원경으로 관측 가능한 범위 내
에 있는 별의 숫자일 뿐이다. 관측이 불가능한 별의 숫자까지 포함하면
무한대로 늘어난다.

그 별들 중에서 우리가 일상적으로 볼 수 있는 별은 몇 개나 될까?

당신이 대도시에 산다면 별을 본 지가 까마득한 옛날일 것이다. 잘해야 1년에 한두 번 고개를 들어 밤하늘의 별을 보았을 것이다. 정말 운이 좋아 강원도 높은 산에 올라 밤하늘의 별을 보고 '아! 정말 별이 많구나'라고 탄성을 발했다면 그것은 정말 운이 좋은 것이다.

왜 우리는 별을 볼 수 없는 것일까? 바쁘기 때문이다, 삶에 밀리기 때문이다, 일에 치이기 때문이다. 결국 마음에 여유가 없기 때문이다. "도시가 매연에 쩔어서"라고 핑계를 대면 안 된다. 누구라도 마음을 먹으면 별을 볼 수 있다. 그래서 시인은 이렇게 노래했다.

> 저렇게 많은 별 중에서/별 하나가 나를 내려다본다/이렇게 많은
> 사람 중에서/그 별 하나를 쳐다본다……. 너 하나 나 하나는/어
> 디서 무엇이 되어/다시 만나랴.
>
> — 김광섭 詩 '저녁에' 중에서

은하수… 우리에게 익숙한 단어다. 동네에는 〈은하수 미용실〉이 있고, 옛날에는 〈은하수 다방〉이 있었고, 지금 어딘가에 〈은하수 식당〉도 분명 있으리라. 또 많은 사람들의 손에 은하수가 쥐어져 있다. 삼성 스마트폰 '갤럭시galaxy'가 바로 은하수 아닌가? 그런데 참 희한하게도 자신이 사용하는 핸드폰이 은하수라는 것을 모르는 사람이 의외로 많다.

Milky Way, 미리내, 갤럭시, 天の川, 河漢, Voie lactée 모두 같은 뜻이다. 황현黃玹(1855~1910)은 詩 '야보정중夜步庭中(밤에 뜰을 걸으며)'에서 이렇게 노래했다.

雲盡天河白(운진천하백) 구름 걷히자 은하수 희고

夜凉看碧空(야량간벽공) 밤은 차가운데 푸른 하늘 바라본다.

그는 은하수를 '천하'라고 말했다. 직역하면 '하늘의 강'이라는 뜻이다. 이름이야 무엇이든, 정작 중요한 것은 실제 은하수를 보기 어렵다는 점이다. 어렵다기보다는 현실적으로 거의 불가능하다.

나는 52년 만에 처음으로 은하수를 보았다. '반백 년'만에 말로만 듣던 은하수를 처음으로 본 것이다. 해발 3720m의 호롬보 산장에서 은하수를 보았을 때 그 감격은… 말로 표현할 수 없었다. 완전한 -칠흑같은- 어둠속에 촘촘히 박혀 있는 무한한 별들이 금방이라도 내 머리 위로 우르르 쏟아질 것 같았다.

찬연한 별들의 향연, 동에서 서로(아니면 남에서 북으로) 길게 끝없이 뻗어 있는 은하수는 우주의 아름다움을 여실히 보여주었다. 내가 킬리만자로에 가지 않았다면, 호롬보 산장에 오르지 않았다면 은하수를 한 번도 보지 못하고 죽었을 것이다.

당신이 은하수를 보았다고 생각하면, 그것은 어쩌면 착각이다. 단지 많은 별무리를 보았을 뿐이다. 그것은 진정한 은하수가 아니다. 은하수는 많은 별들의 모임이 아니다. 끝없이 많은 별들의 찬란한 모임이다. 그 별들이 영원한 강처럼 흐른다. 그래서 은하수를 銀河水라 이름 붙인 것이리라. 죽기 전에 한 번이라도 은하수를 보고 싶다면 킬리만자로로 가라. 아름다운 별들의 바다를 보리라.

• 아쉽게도 전문가와 전문 카메라가 아니면 은하수 사진을 찍을 수 없다. 단지 당신의 마음속에 담아 와야 한다. 깊이!

흰목까마귀

야 성 을 잃 어 버 린 검 은 새

인간과 가까워지면 모든 생물체는 야성을 잃는다. 야성[※]은 스스로 살아가는 생존본능이다. 개와 고양이는 원래 자연에서 사는 동물이었으나 사람들에게 길들여지면서 애완동물로 격하(?)되었다.

그렇다면 쥐는 어떨까? 쥐 역시 오랜 세월 동안 인간 곁에서 살아왔지만 애완동물이 되지는 못했다(일부 종은 제외하고). 그 이유는 생김새가 흉측한 면도 있지만 야성을 간직하고 있기 때문이다.

만약 인간이 하루아침에 지구상에서 사라지면 자연계에 어떤 일이 벌어질까? 대다수 동물들의 개체가 엄청나게 늘어난다. 그럼에도 일부 동물들의 숫자는 급격히 감소한다고 학자들은 예측한다. 우선 개와 고양이다. 그리고 -믿을 수 없게도- 쥐의 숫자도 초기에는 급속도로 줄어든다. 쥐는 결국 인간 곁에서 기생하기 때문이다.

킬리만자로에서 가장 많이 만나는 새는 흰목까마귀White neck raven다. 너무 높은 산이기에 동물을 만나기가 극히 어려움에도 새들은 날개가 달린 덕분에 4500m 넘는 곳까지 자유롭게 날아온다. 내가 가이드 요나에게 "What is the her name?"이라고 묻자

"라벤"이라 대답했다.

우리는 처음에 그 새가 라벤Raven이라 불리는 작은 독수리인 줄 알았다. 후에 검색을 해보니 독수리가 아니라 흰목까마귀였다. 라벤은 거친 바위 위에 앉아 등반객들이 던져주는 먹이를 기다린다. 저만치 두세 마리가 앉아 있다가 빵이나 과일, 치킨을 던져주면 종종걸음으로 다가와 부리로 낚아챈 다음 하늘 높이 날아오른다. 그리고 30초~1분 후에 돌아온다. 어딘가의 바위틈에 숨기고 온 것이다. 훗날을 위해 저축을 했으니 사고의 기능을 가지고 있는 것일까? 하루나 이틀이 지난 다음 그 숨긴 장소를 잊으면 어떻게 될까? 다른 라벤이 훔쳐 먹으면 어떻게 될까?

인간인 내가 걱정할 일은 아니다. 킬리만자로에는 등반객의 발길이 끊이지 않고 점심을 먹을 때마다 예외 없이 먹을거리를 던져주기 때문이다. 1000년의 세월이 흐르면 라벤은 야성을 완전히 잃을까?

역시 내가 걱정할 일은 아니다. 원초적인 생존 본능을 잃는다 해도 생명은 끈질기게 이어지기 때문이다.

온통 검고 목만 하얀 흰목까마귀, 기분 나쁜 생김새, 귀에 거슬리는 까악거리는 울음소리, 인간의 음식을 탐하는 버르장머리…그럼에도 등반객들은 라벤을 싫어하지 않는다. 인간과 동물은 서로 사랑하면서 자연을 지켜나가야 한다는 책임을 알기 때문이다.

5 부

올 라 간　자 는
반 드 시
내 려 와 야　한 다

★

원시 앰뷸런스
당 신 과 관 계 가 없 기 를 !

처음에, 도대체 이것이 무엇인가? 싶었다. 알고 보니 앰뷸런스란다.

기진맥진해지면 그 자리에 쓰러져 두어 시간쯤 쉬고 나면 기력이 회복된다. 그러나 쉴 수 없는 급박한 상황이 있다. 총알이 빗발치듯 쏟아지는 전쟁터에서는 아무리 힘들어도 일단 피하고 봐야 한다. 산길에서 비가 억수로 쏟아진다면 그 비를 피해야 한다. 산에 올라 탈진하면 어떻게 해야 할까?

119로 전화를 걸어야 할까, 아니면 동료들의 부축을 받아 내려와야 할까?

호롬보를 출발해 키보로 가는 길은 길고 지루하면서도 차츰 고산증 증세가 다가오는 힘든 등반길이다. 그 길목의 어딘가에서 만약 -그러지 않기를 간절히 바라지만- 쓰러지면 유일한 해결책은 하산하는 것이다. 그 외에는 방

법이 없다. 그런데 문제는, 당신의 동료들은 당신을 도와줄 수 없다는 현실이다. 그들은 정상을 향해 올라야 하기 때문이다.

그때 필요한 것이 당신을 싣고 아래로 내려오는 앰뷸런스다. 앰뷸런스라 하여 차 위에 빨간 경광등이 달린 현대적이고 아늑한 병원차를 생각하면 오산이다. 바퀴가 1개 달린 수레(인력거)이다. 탄자니아, 그곳에서도 킬리만자로, 그곳에서도 호롬보와 키보에서만 볼 수 있는 원시 앰뷸런스다. 탈진해서 쓰러진 등반객을 싣고 다시 호롬보로 내려온다.

이 앰뷸런스를 끄는 데는 6명이 필요하다고 한다. 얼핏 보기에 6명까지 필요할까 싶은 의문이 드는데… 여하튼 그렇단다. 사실 4000m가 넘는 곳에서 수레를, 더구나 쓰러진 등반객과 짐을 싣고 내려오는 일은 강한 노동력이 필요하기에 6명이 꼭 있어야 할 것이다. 다른 측면에서 보자면 -내 추측에- 돈을 더 많은 사람(포터)에게 주기 위해 그렇지 않나 싶다. 정확히는 알 수 없으나 앰뷸런스로 한 사람을 운반하는데 드는 비용은 500달러라 한다(50달러를 잘못 듣지 않았나 싶다).

·비용이 얼마이든, 인부가 몇 명이 필요하든… 누구든 그 수레를 이용하지 않기를 바랄 뿐이다. 돈이라는 문제를 떠나 4700m에서 탈진하면 몹시 허망하고, 외롭고, 분노조차 들지 않을 수 없다. 그러한 불상사를 막는 최선의 방법은 평소에 강인한 체력을 기르는 것이다.

★ 킬리만자로 댄싱

흥 겨 우 면 서 도   아 련 해 지 는   춤

기쁘면서도 서글퍼진다. 둥그렇게 모여 박수를 치면서 부르는 아프리카 노래는 귀에 익숙하면서도 낯설고, 흥겨우면서 아련해진다.

박치에다 음치에다 몸치인 나는 그들이 부르는 노래의 박자나 음정을 전혀 파악할 수 없다. 그럼에도 참 좋은 노래라는 생각이 든다.

누구라도 그들의 노래를 들으면 저절로 동화가 되고, 저절로 그 속으로 들어가 어울리고 싶어진다. 6일 동안 함께 고생했기에 가이드·포터와 등반객, 탄자니안과 코레안이 아니라 '우리'가 되는 것이다. 그래서 정상에서 내려오면 어떤 팀이든 둥그렇게 모여 작은 축제를 연다.

호롬보 산장의 넓은 공터, 햇빛을 받으며 모두 모여 등반 성공을 축하하는 축제를 연다. 불꽃놀이도 없고, 매스컴도 없고, 초대가수도 없고, 구경꾼이 없음에도 모두가 즐겁다. 한 사람도 다치지 않았고, 6명 중에 3명

이나 정상에 올랐으니 무려 50%가 성공하지 않았는가!

그때 부르는 노래가 '킬리만자로 송'이다. 물론 정확한 이름은 아니다. 우리가 즉석에서 지어붙인 이름이다. 그럼에도 매우 멋지다. 멜로디도 좋고 특히나 그 노래를 부르는 아프리카인들의 목소리가 아름답다. 또한 이 단출한 축제가 끝나면 우리가 비용을 지불하기 때문에 모두들 들떠 있다. 그래서 즐겁게 노래를 부르고 춤을 춘다.

꼭 그것이 아닐지라도… 처음 만난 동양인과 아프리카인이 한식구가 되어 6일 동안 그 험난한 등반을 했다는 여정을 되돌아보면 누구인들 기쁘지 않고, 감개가 무량하지 않겠는가?

당신도 킬리만자로 정상에서 내려온 후 호롬보 산장에 도착하면, 본격 하산을 시작하기 전에 반드시 축하의 킬리만자로 댄싱을 추어라. 그리고 그들과 어울려 춤을 추고 노래를 불러라. 평생 잊지 못할 감흥이 가슴속에 새겨질 것이리라.

• 가이드·포터들이 부르는 킬리만자로 송은 정확히 파악하기 어렵지만, 앞에서 설명한 '잠보 브와나Jambo Bwana'를 개사한 것으로 추정된다. '잠보~ 잠보~' 멜로디가 똑같다. 어찌 되었건 의미가 있는 것은 사실이다.

협상의 기술

조 금   더   양 보 하 고   인 내 로 서   대 화 하 자

정상 오름 후 하산을 시작하면 호롬보 산장에서 하루를 더 묵은 다음 아루샤로 돌아온다. 그때(호롬보 산장에서의 마지막 날) 현지 가이드·포터들과 비용 정산을 해야 한다. 여행사에 내는 여행경비에는 이 비용이 포함되어 있지 않다. 현지에서 달러로 직접 지불해야 한다. 당신이 정상에 올랐건 오르지 못했건 킬리만자로에 올랐다는 사실은 매우 뜻깊은 일이며, 6일 동안 함께한 가이드·포터들과 정이 들만큼 든다. 그 기쁨과 동지애를 잘 마무리해야 한다.

중요한 사실은 한국의 여행사들이 내거는 비용과 현지에서의 비용은 언제나 격차가 있다는 점이다. 흔히 말하는 '이 비용은 현지 사정에 따라 달라질 수 있습니다'라는 문구가 적용되는 것이다. 격차가 발생했을 때 한국의 여행사에 전화를 걸어 항의하거나 조정하기란 매우 어렵다. 핸드

폰이 터지지 않기 때문이다!

　그러므로 동지애와 인내심을 가지고 캡틴 가이드와 협상하라. 이때 그들이 무조건 많은 비용을 부른다고 넘겨짚어서는 안 된다. 그들도 인간이기에 가능한 한 많은 돈을 받으려 하지만 알고 보면 그것은 적정선이다.

　팀은 이렇게 구성된다. (우리 6명 기준으로)

　1. 포터 11명

　2. 요리사 1명

　3. 가이드 3명

　4. 웨이터 1명

　5. 어시스턴트 1명 / 계 17명 (이 숫자가 정확한지 아닌지 확실하지 않다)

비용	조정
포터 : 11명×5달러×6일=330달러	330
요리사 : 1명×13달러×6일=78달러	60
가이드 : 3명×20달러×6일=360달러	300
웨이터 : 1명×10달러×6일=60달러	40
어시스턴트 1명×15달러×6일=90달러	90
합계　888	820

　최종 합의 820달러

　820/6=136,666달러

　1인당 140달러 갹출

최종 지급

140×6인=840달러

이틀 동안 3번에 걸친 협상 끝에 우리는 최종적으로 840달러에 합의했다. 사실 이 과정은 쉽지 않다. 영어를 사용해야 하고, 왜 더 받아야 하는지, 왜 깎아야 하는지 서로가 납득할 수 있게 설명해야 하기 때문이다. 그럼에도 협상은 차분하게 진행되었고 서로가 만족했다. 한국의 여행사에서는 1인당 90달러만 주어도 되고, 아무리 비싸게 쳐도 130달러 이상을 지불해서는 안 된다고 했지만 우리는 쾌히 140달러씩 냈다.

우리 돈으로 154,000원이고 1일 25,700원은 그들의 노고에 비하면 오히려 싼 것 아닌가? 정식 비용 외에 틈틈이 준 팁까지 계산하면 150달러 이상을 낸 것이지만 아무도 불평·불만이 없었다. 킬리만자로에 오른 기쁨에 비하면 15만원은 얼마나 적은 돈인가!

규정에 의하면 -정확히는 알 수 없지만- 모든 포터와 가이드들은 1개월에 3회 이상 산에 오를 수 없다. 즉 모든 포터와 가이드는 1달에 2회 산에 오른다. 그러므로 포터는 1개월 수입이 60달러(5달러×6일×2회)내외에 불과하다. 많이 잡아야 80달러다. 탄자니아 담배 1갑이 대략 2.2달러임을 감안하면 그는 한 달 내내 일한 대가로 30갑의 담배를 버는 것이다 (이를 우리나라 경우로 환산하면 30×2500원=75,000원을 번다).

노동 강도에 비해 무척 적은 돈을 버는 것이 사실이다. 1년 수입이라고 해보아야 -투잡을 뛰지 않는 이상- 800달러(880,000원)가 안 된다. 탄자니아 1인당 국민소득이 1,700달러이므로 그들은 평균에도 한참 못 미치는 돈을 번다. 참으로 가슴 아픈 현실이다. 내가 비록 부자는 아닐지라도 어찌 틈이 날 때마다 팁을 주지 않을 수 있으랴!

협 상 시 주 의 사 항

1. 반드시 노트에 기록하면서 하라.
2. 우리 측 2명과 상대 측 2명 이상이 참석하라.
3. 한국 여행사의 말만을 믿지 마라.
4. 비용을 공개할 때는 해당자에게만 보여줘라. 예컨대 포터의 일당을 요리사에게 말해서는 안 된다.
5. 이미 준 팁에 대해서는 거론하지 마라.
6. 의심이 들 때는 다른 등산객에게 물어보라.

타랑게티

사 자 를 만 나 면 행 운 이 다

내셔널지오그래픽 다큐멘터리를 기대해서는 안 된다. 어렸을 때 두근거리며 보았던 〈동물의 왕국〉이나 〈동물은 살아있다〉를 기대해서도 안 된다. 그렇다 해서 너무 실망할 필요는 없다. 사자, 코끼리, 기린, 멧돼지, 원숭이, 톰슨가젤, 또 얼룩말, 또 임팔라들이 너른 초원에서 우리를 기다리고 있으니.

하지만 줄무늬하이에나, 누wildebeest, 황금자칼, 레서쿠드, 오리비영양, 리드벅, 갈라고, 호저, 몽구스, 골든캣, 검은목코브라, 피셔 모란앵무 등을 볼 수 있으리라 기대하지 마라. 어딘가에 있기는 하겠지만 쉬 모습을 드러내지 않는다.

표범이 바람처럼 달려가 사슴을 물어뜯어 죽이는 잔인한 -그러면서도 멋진- 장면은 없다. 수백 마리의 들소떼가 괴성을 내지르며 탁한 강물을 건

너는 숨 막히는 장관도 없다. 그것은 다큐멘터리 속에서만 있다.

동물들의 대부분은 야행성이다. 낮에는 잠을 자고 밤에 활동을 한다. 인간은 그 반대다. 인간과 동물이 벌건 대낮에 마주쳐 좋을 일은 하나도 없다. 공존하라는 신의 위대한 섭리 아닐까?

세계에서 가장 유명한 세렝게티Serengeti와 쌍벽을 이루는 타랑게티Tarangire(타란기르국립공원)에서 가장 인상 깊은 것은 무엇일까?

당신이 어린 마음을 소유하고 있다면 코끼리 가족을 보고 환호할 것이다. 시커멓고 커다란 코끼리들. 그들은 무리지어 천천히 걷는다. TV에서 본 것처럼 아기코끼리는 엄마의 꼬리를 코로 붙잡고 졸랑졸랑 따라간다. 귀요미의 절정이다. 그걸로 끝이다. 그러나 사실 타랑게티의 매력은 따로 있다. 바로 바오밥 나무다(바오밥에 대해서는 따로 설명한다).

뜨거운 햇빛을 피해 사자는 나무 아래서 꼼짝도 하지 않고 앉아만 있다. 어흥! 하고 한번 울어줄 듯도 한데 만사가 귀찮은 표정이다. 그래도 '동물의 제왕'이라는 위엄이 절로 풍긴다. 타랑게티에서 사자(그나마 암사자)를 보았다는 것은 큰 행운이다. 어지간해서는 사자를 보기 어렵다. 그 사자를 보며 누군가 물었다.

"호랑이는 어디 있지?"

행여 그런 질문일랑 하지 마라. 호랑이는 아프리카에 살지 않는다. 아시아와 러시아가 활동무대다. 추운 곳에 사는 또 다른 동물의 제왕이다.

타랑게티는 그곳에 갔었다는 사실만으로, 사파리차를 타고 '자연에서 노니는 동물들을 보았다'는 것만으로 만족해야 한다. 아프리카까지 가서 사파리를 하지 않고 돌아오면 두고두고 후회되기 때문에 한번은 갈 필요가 있지만….

두 번까지는 아니다.

· 타랑게티 가는 길목에 선물상점이 있다. 아루샤를 출발해 30분쯤 지나면 사파리차를 운전하는 현지 가이드가 심드렁하게 "10분만 쉬어 가자"며 잠시 차를 세운다. 토속품을 파는 커다란 쇼핑가게다. 상당히 넓은(최소 100평) 가게 안에 온갖 토속품이 진열되어 있다. 선물은 이곳에서 사는 것이 좋다. 목각인형, 옷, 모자, 그림, 그릇 등이 엄청나게 많다. 가격도 비싸지 않으며 현금을 내면 할인도 가능하다. 커다란 조각품(예컨대 2m가 넘은 기린 나무조각상)은 DHL을 통해 배달도 해준다.

· 타랑게티 입구에 식료품 가게가 있다. 점심은 여행사에서 도시락을 주기 때문에 따로 음식을 사지 않아도 되지만 그곳에서 닭백숙을 사면 맛있게 먹을 수 있다. 단, 한국에서의 맛을 기대하지는 마라.

★
하늘로 뿌리를 뻗은 나무

거 대 하 고   기 이 한   바 오 밥

전생에 무슨 죄를 지었기는 분명 지었을 것이다. 그렇지 않고서야 왜 뿌리가 하늘로 솟았겠는가? 또 줄기는 햄버거만 먹어댄 뚱보처럼 엄청나게 통통하다. 그런데… 그 안은 텅 비어 있어 목재로는 사용할 수 없다. 그럼에도 아름답기로 치자면 -기묘한 측면에서- 세계 1등감이다.

타랑게티 사파리 초원에서 당신이 남자의 마음을 소유하고 있다면 동물보다는 나무들에 탄성을 발할 것이다. 특히 타랑게티에는 거대한 바오밥 나무Baobab(정식 명칭은 Adansonia digitata)들이 많다. 얼핏 보아도 그 키가 인간의 4배는 넘는다. 그런 거대하고 기이한 나무들이 무수히 자란다.

지구상의 바오밥은 모두 8종이라 한다. 1종은 아프리카, 아라비아, 인도 등에서 자라고, 호주에 1종, 마다카스카르에 6종이 있단다. 가장 기이하기로는 마다카스카르에 있는 나무들이며, 가장 굵은 바보밥은 멕시코

에 있다(구글에 소개되어 있다).

　우리에게 무궁화가 애국의 상징이고, 일본은 벚꽃나무를 자랑스레 여기듯 아프리카인들은 바오밥을 신성하게 여긴다. 그래서 옛날에는 사람이 죽으면 그 시체를 나무속에 넣기도 했단다.

　이해할 수 없는 것은 왜 바오밥이 타랑게티에만 밀집되어 있는가? 이다. 아루샤를 출발해 타랑게티까지는 3시간을 달린다. 서울에서 대구까지 가는 거리다. 그동안 바오밥은 한 그루도 보지 못했다. 그런데 타랑게티에 도착하는 순간 거대한 바오밥들이 짠, 마술처럼 나타나는 것이다.

　왜 이곳에만 있는 것일까?

　어린왕자가 이곳에만 이 나무를 심은 것일까?

　사실은 그 반대다. 어린왕자는 바오밥을 뽑기 위해 부지런을 떨었다. 그렇지 않으면 거대한 바오밥이 작은 행성을 산산조각으로 부수어버릴 수 있기 때문이다.

　　그런데 어린왕자의 별에는 무서운 씨앗이 있었으니…그것은 바오밥나무의 씨였다. 그 별의 흙엔 바오밥의 씨가 들끓었다. 그런데 바오밥은 너무 늦게 손을 쓰면 그땐 정말 처치할 수 없게 된다. 나무가 온 별을 다 차지하고 그 뿌리로 별 깊숙이 구멍을 뚫는다. 게다가 별은 너무 작은데 바오밥이 너무 많으면 별은 터져버린다.

　　　　　　　　　　　　　　　　－ 생떽쥐베리 〈어린왕자〉

생떽쥐베리는 바오밥에 대해 안 좋은 추억이 있었던 것일까?

여하튼 바오밥은 신의 저주를 받아 뿌리가 하늘로 뻗은 기이한 나무다. 전설이야 어찌 되었건 그런 멋지고 거대한 나무가 아프리카를 비롯한 몇몇 나라에만 있는 것은 참으로 불공평하다.

　어린왕자를 괴롭힌 기기묘묘한 바오밥을 보고 싶다면 타랑게티로 가라. 울창하게 푸른 나무 아래서 낮잠을 즐기는 사자보다 더 신기하다.

6 부

사 람 은
모 두
사 랑 이 다

★

사람, 사람, 사람들

모 두 에 게 는 꿈 이 있 다

인터넷에 '인구시계'라고 치면 현재 지구의 인구가 몇 명인지 실시간으로 보여주는 재미난 -그러면서도 겁이 덜컥 나는- 사이트가 있다. 10자리의 숫자 중 마지막 숫자는 1초에 두 번씩 바뀐다. 즉 1초에 대략 2명이 늘어난다는 뜻이다.

이 글을 쓰는 2014년 5월 3일 새벽 2시 43분의 인구는 7,163,435,729명이다. 즉 현재 지구에는 71억 6343만 5729개의 꿈이 있다는 뜻이다. 그 반대로 71억 6343만 5729개의 괴로움도 있다. 그 꿈과 괴로움이 무엇이든 그것을 간직한 사람은 모두 소중한 삶의 주인공들이다. 그러므로 그 삶은 존중되어야 하고 인간으로서의 가치를 지녀야 한다.

나와 피부색이 다르다 하여, 언어가 다르다 하여, 종교가 다르다 하여, 문화가 다르다 하여, 매일 먹는 음식이 다르다 하여 배척받거나 소외되

거나 무시되어서는 안 된다(나의 말이 너무 거창한가?)

인간은 모두 평등하고 사랑받아 마땅하다. 척박한 땅, 물이 귀한 땅, 문명의 그림자조차 없는 땅, 풀조차 자라지 않는 땅, 동물과 사람이 뒤엉킨 땅… 그 아프리카에서 살아가는 사람들 역시 나와 똑같은 인간이다.

아침에 일어나면 노동을 하고, 가족을 돌보고, 이웃을 사랑하고, 평화를 원하고, 꿈을 이루어가기 위해 땀을 쏟는다. 그 한 방울의 땀에 소망이 알알이 맺히기를 바란다.

★ 마사이 마을

가 장 아 름 답 고 가 장 마 음 아 픈… .

무엇이 좋은 삶인지 판단하기 어렵다.

손으로 밥을 먹고, 화살로 사냥을 해서 끼니를 마련한다. 집? 집이라고 해봤자 3평쯤 되는 초라한 막대기와 진흙으로 만든 오두막에 방과 부엌이 함께 있다. 전기는 없으며 옷은 온통 새빨간 천 하나가 전부다. 흙탕물을 길어 흙이 아래로 가라앉으면 식수로 사용한다. 타이어를 오려 발에 묶어 신고 다닌다. 그것이 마사이 사람들의 일반적인 삶이다.

숟가락, 젓가락, 포크, 나이프로 동서양의 온갖 음식을 먹는다. 마트에 가면 먹을거리 천지다. 고층 아파트의 넓고 현대적인 곳에서 문명의 기계를 죄다 갖추고 산다. 옷은 너무 많아 1년에 한 번도 입지 않는 옷이 옷장에 그득하다. 정수기가 있으며 강원도 암반수를 마신다. 신발의 종류는 헤아릴 수 없이 많다. 이것이 한국인들의 일반적인 (다는 아니지만) 삶이다.

누가 더 행복할까?

판단은 각자의 몫이다. 만약 내게 선택을 하라면 나는 마사이 부족의 삶을 선택할 것이다. 왜 그런지 궁금하다면 당신이 직접 마사이 부족의 마을에 가보라.

물론 홀로 그곳에 가기는 쉽지 않다. 그럼에도 방법은 있다. 아루샤에 가서 우선 현지 가이드를 섭외하라. 차를 1대 빌린 후(대략 1일에 100달러, 연료비 제외) 그와 함께 타랑게티 가는 길목의 마사이 마을로 가면 된다. 당신 혼자 불쑥 찾아가면 마을 방문이 거절될 수 있으므로 가이드를 통해 협상한 후 들어가면 된다. 비용은, 5명 이상이 가면 1인당 10달러 정도다. 혼자 간다면 최소 30달러는 부담해야 한다.

왜 돈을 받느냐고?

그런 것은 따지지 마라. 당신이 내는 돈은 추장(부족장) 혼자 In my Pocket하는 것이 아니라 마을기금으로 사용된다. 순진무구한 마사이 어린이들의 교육비, 양육비로 사용된다고 생각하라.

방문 전에 아루샤에서 어린이들에게 줄 과자(최소 30개)를 사가지고 가면 더욱 환영받는다. 그 과자를 무작위로 나누어주지 말고 부족장에게 선물로 주면 매우 고마워하면서 골고루 나누어 줄 것이다.

당신은 박애주의자가 아닐 수 있다. 그래서 "왜 내가 내 돈을 들여 아프리카 아이들에게 과자를 사준단 말인가?"라고 반문할 수 있다. 그러나 마사이 마을에 발을 들여놓는 순간 작은 선물이라도 사오지 않은 것을 무척 후회할 것이다.

선물(과자나 음료수, 과일)에 대해 사람들의 의견은 2가지로 나뉜다. 방문객

들이 주는 과자가 아이들의 건강을 해칠 수 있다는 것이 첫 번째 반대 의견이다. 그럴 수 있으나 그곳을 방문하는 외지인은 그리 많지 않으며, 계획을 하고 방문하는 것이 아니기에 먹을 것을 많이 가져오지 않는다. 즉 마사이 아이들은 1달에 2~3개의 과자를 먹는 셈이다. 그것만으로 건강을 절대 해치지 않는다.

또 하나의 반대 이유는 우리의 행위가 기부나 '인류는 한 가족'이라는 공동선의 구현이 아니라 단순한 동정이라는 것이다. 마사이 사람들은 평범한 사람들이고 그 아이들 역시 평범한 아이들인데 원시적 삶을 살아간다는 것만으로 동정 받을 이유가 전혀 없다는 것이다. 역시 맞는 말이다.

하지만… 내가 그들에게 무언가를 주는 행위는 그들이 측은해서나 불쌍해서나 가난해서가 아니다. 같은 인류로서 나보다 못한 처지에 있는 사람에게 내가 가진 물질의 일부를 덜어주는 것이다. 동정, 인류구원, 사해동포 같은 거창한 이념이 아니라 그와 나 모두 인간이라는 사실이 중요하기 때문이다.

특별한 경우가 아니면 한국인이 아프리카를 평생 2번 이상 가기는 어렵다. 또 같은 곳을 또다시 방문하기란 쉽지 않다. 그러므로 탄자니아에 간 김에 꼭 마사이 마을을 방문하라. 미리 가이드에게 이야기하면 타랑게티 사파리가 끝나고 돌아오는 길에 들를 수 있다. 방문비 10달러나 선물 사는 돈 20~30달러가 비싸다고 생각하지 마라. 평생 한 번이다.

우리의 삶과 그들의 삶을 비교하는 어리석은 짓일랑 하지 마라. 흙 위에서 살아가는 그들의 삶이 고층 아파트에 사는 당신보다 더 행복할 수 있다.

그들의 관점에서 보면 한국인은 아침 6시에 일어나 대중교통에 시달려 직장에 가고, 윗사람에게 혼나고, 일 때문에 스트레스 받고, 언제 잘릴지 몰라 불안하고, 대학이라는 곳에 가기 위해 7살 때부터 10년 넘게 하루 16시간 가까이 공부해야 하고, 돈을 벌기 위해 혈안이 되고, 4~5시간 이상 모니터에 얼굴을 박고 숫자와 씨름해야 하고….

드넓은 초원에서 소를 키우며 평안하게 살아가는 그들이 보면 정말 이해할 수 없고, 공감할 수 없고, 바보 같은 삶을 사는 게 우리들이다.

마사이 남자들

가 장 원 색 적 이 고   가 장 빛 나 는

그들은 키가 크고 얼굴은 완전하게 검다. 같은 아프리카인이라 해도 거무스름한 사람이 있고, 거무티티한 사람이 있고, 흙빛 흑인이 있고, 황색 섞인 흑인이 있다. 그런데 이들은 완전하게 검다. 검은 도화지 위에 검은 물감을 칠한 듯싶다. 그래서 눈은 너무너무 하얗고 이빨 역시 눈부시다. 또 피부가 매우 빛난다.

몸은 마른 편이고 다리는 날씬하다. 여러 명의 아프리칸들이 뒤섞여 있어도 금방 알아볼 수 있다(여자는 구분하기 어렵다).

그들을 규정짓는 또 하나의 특징은 옷이다. 하나의 천(겉으로 보기에는)으로 무릎 위까지 온몸을 휘감는다. 그 천(즉 옷)은 단색이다. 완전한 새빨간 색, 완전한 새파란 색이다. 간혹 체크무늬 천이 있기는 해도 역시나 원색이다.

그들은 예외 없이 지팡이를 짚고 다닌다. 현대식의 알루미늄 지팡이가 아니라 옹이가 그대로 드러난 나무 지팡이다. 아루샤 시내를 활보하는 마사이 남자들 중에는 지팡이가 없는 세련된 일탈족이 있기는 해도 예외 없이 기다란 지팡이를 가지고 다닌다. 소를 몰 때 사용하는 일종의 지휘봉이자 회초리다.

그들은 폐타이어로 만든 슬리퍼를 신고 다닌다. 슬리퍼는 매우 두껍다. 어쩌면 10년에 1켤레만 있어도 충분할 것이다. 그런데 왜 한국에 '마사이 운동화'가 있는지 이해하기 어렵다.

마사이 목동 어린이도 아버지와 똑같다. 천을 몸에 두르고, 지팡이를 들고, 폐타이어 슬리퍼를 신고 소떼를 몰고 다닌다. 다른 것이 있다면 옷이 낡았다는 점이다.

이것이 아마추어가 발견한 마사이 족의 특징이다. 아프리카에는 수많은 부족이 산다. 베르베르족, 모르족, 투아레그족, 피그미족, 부시멘족, 줄루족, 마사이족, 암하라족, 베칠레오족… 열거하자면 끝이 없다. 그중 우리에게 익숙한 부족은 부시맨, 피그미, 마사이족이다. 부시맨은 영화 때문에, 피그미는 키가 작아서, 마사이는 신발 때문에?

탄자니아에서 가장 인상 깊었던 것 3가지를 들라면
첫째, 낡고 작은 오두막 상점 위에 내걸린 코카콜라 광고
둘째, 완전하게 검은 몸에 100% 새빨간 천을 두른 마사이 남자들
셋째, 뒤죽박죽, 엉망진창, 두서없는 거리다.
그중에서도 마사이 남자들은 강렬한 기억으로 남아 있다. 애석하게도 그들과 이야기할 기회는 없었다. 마사이 마을을 방문해 부족장을 잠깐 보

기는 했어도 위압감이 들어(그들은 매우 위협적인 얼굴을 하고 있다) 감히 말을 붙이지 못했다. 나의 선입견 때문에 친구가 될 수 있는 기회를 놓친 것이다.

당신이 탄자니아에 가면, 마사이 남자들을 만나면 꼭 친절한 미소와 함께 이야기를 나누기 바란다. 얼굴이 무서워 보이기는 해도 그들 역시 평화를 갈망하고, 가족을 사랑하고, 사람을 사랑하는 사람들이다. 즉 우리와 똑같다. 진귀한 사람이 아니라 평범한 한 사람인 것이다.

1달러의 위력

친미, 반미, 혐미, 용미 … 그 무엇이 되었건 우리가 인정하지 않을 수 없는 2가지가 있다. 잉글리시는 전 세계의 공용어이고, 달러는 전 세계 돈의 기준이라는 사실이다.

일러 말할 것이 없지만 해외에 나가면 가장 답답한 것이 '말'이고 가장 심란한 것이 '음식'이다. 다행히 영어라는 것이 있기에 의사소통의 문제는 어느 정도 해결할 수 있다. 일본어를 전혀 할 줄 모르는 한국인이 일본에 가도 영어를 약간이라도 구사할 수 있으면 여행에 큰 어려움이 없다. 브라질에서 독일인과 한국인이 만나도 영어가 있기에 서로의 마음을 표현할 수 있고, 상대의 상황을 이해할 수 있다. 그런 의미에서 영어는 고마운 존재다.

달러는 어떠할까?

황량한 대륙 아프리카, 모든 것이 뒤죽박죽으로 섞여 있는 탄자니아에서도 달러는 변함없는 힘을 가지고 있다. 킬리만자로 국제공항에 내린 우리 일행이 마중 나온 사파리차를 타고 간 곳은 아루샤였다. 1시간 정도 달리면서 우리는 아프리카의 모습을 처음으로 보았고 나는 그 '원시+현대+미래+기기묘묘'에 감탄했다.

영어를 약간 할 줄 안다는(또 가장 어리다는) 죄 때문에 엉겁결에 통역을 맡은 나는 일행의 의견을 받아들여 현지 운전기사(가이드)에게 이렇게 말했다.

"Ah…We want to water or cola. Stop moment any where."

이 엉터리 영어를 용케 받아들인 가이드는 5분 후 차를 세웠는데 우리가 원하는 곳이 아니었다. 너저분하고 더럽고 엉망진창인, 그러면서도 신기하고 아름다운 탄자니아의 거리 노점이 아니라 현대식의 깨끗한 슈퍼 앞에 차를 세운 것이다. 우리는 그 슈퍼는 거들떠보지도 않고 용감하게 길을 건너 너저분한 거리로 들어갔다(탄자니아에서 거리라는 것은 묘사가 어렵다. 대로도 아니고 골목도 아니다. 차로를 빼고는 모두 흙길이다).

그 거리 안쪽에 노천시장이
있었는데 딱 우리가 원하는 곳
이었다. 온통 흑인들인 그곳에
역시나 볼품없는 물건들을 아
무렇게나 늘어놓고 파는 상인
들이 있었다. TV에서만 보았던
이국의 멋진 풍경이었다. 푸른
바나나를 쌓아놓고 파는 아주머니(사실은 할머니)에게 카메라를 들이대자
찍지 말라고 손사래를 쳤다. 눈이 몹시 매서웠다. 입장을 바꾸면, 그 아
주머니의 심정은 충분히 이해가 간다. 외국인의 눈에 '매우 가난하고 처
량한 아프리카 여인'으로 보이기 싫은 것이다.

이럴 때 어떻게 해야 할까?

나는 재빨리 지갑에서 1달러를 꺼내 그 아주머니의 손에 쥐어주었다.
그 순간 그녀의 표정이 환하게 변하며 너그러운 미소를 지었다. 곧 주변
사람들이 몰려들어 달러를 서로 만지작거리며 뭐라 뭐라 떠들어댔다.
아마도 "아줌니, 오늘 횡재했네요" 혹은 "가짜돈은 아니니 안심허슈"라
고 말했을 것이다. 덕분에 우리는 여러 장의 사진을 찍었다. 그리고 '코
레아와 탄자니아의 변함없는 우의'를 확인하며 악수를 한 뒤 헤어졌다.

1달러는 1600탄자니아실링이고, 담배 1갑이 3500탄자니아실링(대략 2.2
달러)임을 감안하면 그 아주머니가 받은 1달러는 담배 반 갑에 불과하다.
그럼에도 환한 미소를 지으며 쾌히 모델이 되어준 까닭은 1달러라는 지
폐 -그것도 아주 새것- 가 지닌 보이지 않는 힘 때문이다. 서글프면서도 편리
한 그 힘을 우리는 인정하지 않을 수 없다.

아프리카에 가서 현지인들과 사진을 찍고 싶다면 망설이지 말고 1달러를 건네주어라. 물론 거만하거나 위압적이어서는 안 된다. 미소를 머금고 공손하게 '사진을 찍고 싶다'고 분명하게 말하라.

I want photo with you. I think you very nice.

사진을 찍은 후에는 다정하게 악수를 나누고 '땡큐'라고 큰소리로 말하라. 그 역시 고마워할 것이다. 거절하는 사람에게 두 번 부탁하면 안 된다. 그는 1달러보다 '나는 소중하니까요'라고 생각하는 사람이다.

뿌리의 변신

나무의 줄기는 곧게 하늘로 뻗어가지만 뿌리들은 땅 속으로 미친 듯 퍼져나간다. 햇빛을 받는 것과 받지 않는 것의 차이일까?

차를 타고 우리나라 변두리를 달리다보면 '뿌리공예'라는 간판이 있고 그 앞에 거대하고 기기묘묘한 뿌리공예품들이 진열되어 있다. 혹은 아무렇게나 내박쳐져 있다. 남자들은 그런 뿌리공예에 호감을 갖지만 여자들은 질색을 한다. 여자들이 좋아하는 것은 '아무 짝에도 쓸모없는' 꽃이다. 남과 여의 차이는 이렇게 명확하다.

킬리만자로에는 2500종의 식물이 자란다(백과사전에 표기되어 있다). 그 많은 식물들이 자라는 것도 신기하지만 그것을 일일이 헤아려서 대략이나마 숫자를 파악한 사람의 정성과 끈기도 놀랍다. 남과 여의 속성이 달라서 여자는 야생화에 감탄을 하고, 남자는 기이한 뿌리에 탄성을 발한다.

킬리만자로 등반길에는 무수히 많은 뿌리들이 널려 있다. 그 뿌리들은 큰 나무의 죽은 뿌리가 아니라 작은 식물의 죽은 뿌리다. 식물 자체는 무릎 높이밖에 되지 않는데 뿌리는 참으로 크다. 대부분 흰색을 띤 회색이며 울퉁불퉁하다. 탄자니아인들은 그 뿌리에 그다지 관심이 없었다.

그 멋지고 기묘하고 아름다운 뿌리를 한국으로 가져와 잘 다듬어 니스로 칠한 뒤 작품으로 만들면 적어도 1뿌리에 100만원은 받지 않을까 싶다. 그러나 가져올 방법은 없으며, 그래서도 안 된다.

100년 어쩌면 1000년 전의 뿌리가 킬리만자로 곳곳에 널려 있고 등반객들은 그것들을 작품으로 형상화시켰다. 바위 위에 걸쳐 놓기만 해도 예술이 되고 이정표가 되고 헨리 무어Henry Moore(영국의 조각가)의 조각품보다 더 멋지다. 그리고 심오하다.

나는 매우 불공스럽게도 킬리만자로에서 3개의 나무뿌리를 주워왔다. 울퉁불퉁한 옹두리마다에 깊은 상처가 있고 긴긴 세월 버텨온 뿌리들이 나에게 인생길을 가르쳐주지 않을까 싶어서였다.

> 당신은 그 땅의 선물들을 기억하리.
> 지울 수 없는 향기들, 금빛 흙
> 덤불 속의 잡초와 미친 뿌리들
> 칼과도 같은 마법의 가시들을.
>
>   - 파블로 네루다 詩 '사랑의 소네트'

파블로 네루다도 나의 마음을 이해할 것이다. 미친 뿌리들이 그 땅의 선물이라는 변명을.

[★] 아프리카의 그림

강 렬 한 원 시 아 래 에 배 여 있 는 서 글 픔

최초의 예술은 바위에 그린 그림이지 않을까? 이른바 암각화(동물벽화)
는 유럽에도 있고(프랑스 라스코 동물벽화가 가장 유명하다), 한국에도 있고(울산 반구
대 암각화가 대표적이다), 미국에도 있고(유타주 캐피탈리프국립공원에 있는 1000년 전 인디
언 벽화), 당연히 아프리카에도 있다. 사하라 타실리^{Tassili} 지역에 있는 암벽
화는 BS7000년경으로 추정된다.

그 벽화들의 정확한 연대를 파악하기는 어려운데 공통점은 있다. 동물
(특히 소)과 인간이 사이좋게 등장한다는 점이다. 지구가 생겨나면서 인간
과 동물은 영원한 동반자라는 뜻일까? 아니면 동물은 인간을 존재하게
해주는 먹이에 불과하다는 뜻일까?

여하튼 암벽화가 탄생한 지 길게는 만년이 넘었으나 아직도 그 모습에
서 탈피하지 못한 예술작품은 의외로 많다. 아무리 인간의 사고가 발전

사람은 모두 사랑이다 **227**

하고 문명이 발달하고 기계가 변신을 거듭해도 인간 원초의 모습을 담은 예술은 여전히 살아있다.

태초 그대로의 인간, 풍경, 동물을 묘사한 그림은 지금도 보는 이로 하여금 가슴을 뛰게 만든다. 아프리카 그림이 바로 그렇다. 세계적으로 인정받는 전문 화가들의 그림은 아니지만 또 예술성이 뛰어나지는 않지만 '이것이 바로 원시예술이다'라고 감탄을 발하게 한다.

깊은 뜻은 없을지라도 예술적 혼은 살아있기에 1점 정도는 구입할 만하다.

아프리카에서 판매하는 그림은 화풍이 비슷하다. 어떤 의미에서는 천편일률이라는 느낌도 드는데 따로 떼어놓고 보면 원초의 아름다움이 느껴진다. 토산품 가게에서 1만원 내외로 판매하며, 타랑게티로 가는 길목에도 그림가게가 많다. 그림을 사고 싶다면 가이드에게 꼭 말해야 한다.

★ 선물 사기

마 음 이 동 하 는 그 때 사 라

선물은 언제 어디에서 사야 할까? 또 어떤 선물을 사야 할까? 그 가격은 얼마나 될까? 해외여행을 하는 사람들의 공통된 고민이다.

선물을 사는 방법은 아주 간단하다. 그것이 무엇이든 눈에 띌 때 사는 것이다. 미국 뉴욕에 가면 자유의 여신상과 엠파이어스테이트 빌딩 모형품을 많이 판다. 종류와 크기도 가지각색이다. 이러한 기념품은 공장에서 찍어내기 때문에 파는 곳이 매우 많다. 그러므로 뉴욕 여행이 끝나는 마지막 날에 구입하면 된다.

특별한 공예품은 현지에서 사야 값도 싸고 제맛이다. 미국 네바다주 후버댐 미드호 관광지에 가면 인디언들이 파는 공예품이 있다. 그 물건은 오직 그곳에서만 구입할 수 있다.

아프리카 토산품도 아프리카에서 사야 값도 싸고 제대로 샀다는 느낌

230 가슴 설레는 청춘 킬리만자로에 있다

이 든다. 탄자니아(킬리만자로 등반을 목적으로 한)에 가면 선물을 살 수 있는 곳이 여러 곳 있다. 우선 킬리만자로 등정 첫날 호텔 밖으로 나와 주차장에서 사파리차를 기다리면 옷과 모자를 팔에 가득 든 행상이 다가온다. 상품의 질이 낮아 보일 수 있으나 일반 상점에서 파는 것과 대동소이하고 값도 차이나지 않는다. 티셔츠는 대략 1만원 내외다.

가장 크고 다양하고 값이 비교적 저렴한 토산품 가게는 아루샤를 출발해 타랑게티로 가는 길목에 있다. 가이드가 여러분을 사파리차로 싣고 가면서 분명 그곳에 들를 것이다. 토산품은 이곳에서 사면 된다. 또 돌아오는 길에 가이드가 '스네이크파크Snake Park'에 갈 것이냐고 묻는다. 예스라고 말하면 아루샤 인근의 스네이크파크에 들를 것인데, 그 옆에 마사이 부족 전시관이 있다. 그 안에 들어가면 마사이 부족이 직접 만든 토산품을 판다. 상품이 많지는 않지만 가격은 저렴하다.

모든 일정이 끝나면 귀국하기 위해 킬리만자로국제공항으로 간다. 수속을 밟고 안으로 들어가면 쇼핑센터가 있는데 역시 토산품과 책, 차, 옷 등을 판다. 가격은 비슷비슷한데 흥정이 가능하다. 비행기에 오르면 도하에서 한번 갈아타는데 대부분 3∼4시간(길게는 6시간) 대기해야 한다. 이때 면세점에서 상품을 사도 된다. 가격은 약간 세지만 세련된 물건들이 많다. 단, 담배는 생각보다 싸지 않다.

선물은 그 나라를 대표하는 것이 가장 좋다. 아프리카의 상징물은 역시 음핑고Mpingo(흑단, 黑檀, anebont)로 만든 가면과 동물조각품이다. 킬리만자로를 상징하는 것은 킬리만자로 산이 그려진 티셔츠와 모자다. 단, 티셔츠의 재질이 좋지 않다고 투덜대지는 마라. 그곳은 아프리카 아닌가!

정리하자면 상품 구입처는

1) 아루샤 인근의 토산품 가게
2) 아루샤 인근의 스네이크파크
3) 킬리만자로 국제공항 선물코너
4) 도하공항 면세점이다.

> • 타랑게티 사파리를 마치고 돌아오는 길에 가이드가 심드렁하게 "Are you visit Snake Park?"라고 물을 수 있다(분명 물을 것이다). 나는 엉겁결에 그 말을 "스낵코너에 들를 것이냐?"로 해석하고는 콜라라도 마실 요량으로 Yes라고 대답했는데 스낵코너가 아니라 '뱀(파충류) 전시관'이었다. 입장료는 1인당 10달러. 구경하지 않으면 내 입장이 난처해질 것 같아(통역을 잘못했으므로) 6명이 입장해서 구경했는데 딱 1만 원짜리 전시관이었다. 굳이 구경할 필요는 없다. 단지 그 앞에 마사이 부족 전시관이 있었는데 그나마 조금 볼 만했다(역시 촌스럽다).
> 주의할 점은, 마사이 부족 사내가 한 명 있는데(안내원) 그와 사진을 찍으면 1달러를 주어야 한다는 사실이다. 뭐, 1달러쯤이야 줄 수 있다. 여하튼 Snake Park를 갈 것인지, 가지 않을 것인지는 미리 상의해서 결정하라.
> • 도하면세점에서 상품가격은 달러와 카타르리알^{QR}로 표기되어 있다. QR은 달러의 대략 1/2이다.

탄자니아에서 무엇을 탈까?

미 어 터 지 는   달 라 달 라 와   날 렵 한   오 토 바 이 들

"오라잇~!"

이 말을 기억한다면 적어도 당신은 1960년대 이전에 태어났다는 뜻이다. 1980년대 중반까지만 해도 시내버스에는 여조수(버스 안내양)가 있어서 (지방은 남조수) 승객들을 버스에 태우고 요금을 받는 일을 했다. 내가 '오라잇'(이 말은 all right라는 뜻이다)이라고 외치는 안내양을 마지막으로 본 것은 1985년 2월 즈음 경희대 앞에서였다. 반짝반짝 빛나는 파란 유니폼을 입고 허리에 전대를 찬 나이어린 안내양들은 그날 이후 급작스레 사라졌다.

버스 조수를 다시 본 것은 29년만인 탄자니아 아루샤에서였다.

사람 사는 곳엔 어딜 가든 바퀴 달린 '탈것'들이 있다. 아루샤라는 작은(탄자니아에서는 비교적 큰) 도시에도 자동차들이 넘쳐난다. 승용차는 99% 일본 제품(특히 도요타)이고 핸들은 전부 오른쪽에 달려 있다. 즉 자동차는

좌측통행이다.

사파리차를 타고 거리를 달리다보면 무수히 많은 오토바이들을 발견한다. 대부분 깨끗하고 멋진 오토바이이며 500~1000cc짜리들이다. 그런데 그 오토바이들이 지저분한 거리 곳곳에, 나무 아래에, 공터에 무리 지어 세워져 있고 그 위에 아프리칸들이 앉아 있다는 점이다. 끼리끼리 모여 이야기를 나누고 있는데 처음에 드는 생각은 '왜 이리 오토바이가 많은가?', '저들은 왜 한곳에 모여 있는가?'이다. 오토바이가 많고, 깨끗하고, 크고, 모여 있는 이유는 그것이 바로 택시이기 때문이다.

아루샤에 택시가 없는 것은 아니지만 극히 드물고 대부분의 사람들은 오토바이를 이용한다. 그러기에 승객은 2명 이상 태울 수 없다. 내가 직접 타보지 않아서 가격이나 서비스, 속도는 알 수 없지만 꽤 쓸 만하다는 생각이 든다. 우리나라 우스갯소리에 "가장 헤픈 여자 중 하나는 오토바이 뒤에 타고 남자 허리를 붙잡고 히히덕거리는 여자"라는 말이 있는데 아루샤에서는 그런 비하적 평가를 들을 일은 전혀 없다. 혹 당신이 아루샤를 방문하거든 꼭 오토바이 택시를 타보기 바란다. 재미가 쏠쏠하리라.

탄자니아에서 두 번째로 신기한 탈것은 버스다. 버스라 해서 우리나라의 일반적인 45인승 시내버스를 생각하면 안 된다. 그런 버스가 간혹 있기는 해도 공용버스(시내버스)는 전부 25인승 내외의 봉고차다. 이를 달라달라Dafadala라 부른다. '돈을 달라'는 뜻인가? 아니면 '달러를 달라'는 뜻인가? 그저 버스라는 뜻이다.

버스 앞 유리창에 행선지 표시도 없으며 정류장 표시도 없고 운행시간도 없다. 버스 겉면에 호랑이 그림이 있기도 하고, 생뚱맞게 체 게바라Che Guevara 초상이 그려 있기도 하다. 그저 사람이 많은 곳에 대충 세워놓고 콘다(안내양이 아니라 안내군)가 고래고래 고함을 지른다. 예컨대 "달라달라 모시~모시~"라고 빠르게 외치는 것이다.

모시에 갈 사람은 빨리 타라는 뜻일 게다.

콘다의 임무는 사람들을 불러 모으는 것이고 남자, 여자, 어린이, 어른, 이슬람교도, 마사이부족, 백인, 관광객 할 것 없이 버스 안에 빼곡히 채워 넣는 것이다. 무자비하게 안으로 밀어 넣어 25명이 다 채워지면 출발한다. 당연히 콘다는 버스 문짝에 매달려서 간다. 딱 우리나라의 1960년대 만원 버스다.

밤이면 달라달라들이 거리를 점령한 채 막무가내로 달린다. 아루샤는 도로의 가운데에 흰 선이나 노란 선이 없다. 그저 요령껏 달린다. 신호등은 딱 하나가 있었는데 그마저 지키는 자동차나 사람은 아무도 없었다.

아프리카는 가장 큰 단점이 밤 8시면 암흑으로 변한다는 사실이다. 가로등도 드물고 대부분의 상점도 문을 닫는다. 나는 8시 30분쯤 가이드 요나와 함께 콜라를 사기 위해 아루샤 거리를 헤맸는데 20여 분 동안 돌아다니다가 포기하고 말았다. 그 시간에 그 거리의 주인공은 달라달라와 콘다들이다.

서둘러 집으로 돌아가려는 사람들을 목청껏 불러 모아 가득 채우는 것이다. 사람들은 어서 빨리 집으로 돌아가고 싶은 듯 허겁지겁 차에 오른다. 밤이 되면 가족이 있는 그리운 집으로 돌아가고 싶은 마음은 한국인이나 아프리카인들이나 똑같다. 그러기에 동서양의 시인들은 이렇게 노래했나보다.

乃瞻衡宇(내첨형우) 마침내 저 멀리 우리 집 대문과 처마가 보이

* 달라달라는 대중버스 역할을 한다.(위)
* 이 오토바이들은 TAXI이다.(아래)

는구나

載欣載奔(재흔재분) 기쁜 마음에 뛰듯이 집으로 가네

                    - 도연명 詩 '귀거래사歸去來辭'

한낮의 휴식시간에는 쉬며 사랑의 기쁨을 명상하기를

해질 무렵에는 감사하는 마음으로 집으로 돌아오기를

그리고 그대 마음속에 사랑하는 이들을 위해 기도하기를

                    - 칼릴 지브란 詩 '사랑에 대하여'

   아쉽게도 나는 달라달라를 타보지 못했다. 그대가 탄자니아에 가면 달라달라를 꼭 한번 타보기 바란다. 위험하지 않을까? 라는 생각은 기우다. 아프리카인들은 굉장히 순박하고 외국인에게 대체로 친절하다(특히 당신이 여자라면). 짐짝 신세가 되어 아프리카 사람들의 진한 체취를 맡으며 우당탕탕 달려보는 것도 나쁘진 않으리라.

★ 탄자니아에서 짜장면 먹기

과 연 짜 장 면 이 아 프 리 카 에 있 을 까

우리의 국민 먹거리 중 여전히 선두를 차지하는 것 중의 하나는 짜장면이다(어쩌면 영원히). 남녀노소, 빈부귀천, 직위의 고하, 지역, 취향, 계절, 장소를 막론하고 짜장면은 누구나 좋아하는 한 끼 식사다.

어렸을 때만 해도 짜장면은 그 근원지가 중국이라 생각했다. 중국집에서 파는 음식이니 당연히 중국이 고향 아니겠는가? 그런데 짜장면은 우리나라가 고향이라는 사실을 알고 적잖이 당황했다. 실제 중국에 가면 짜장면이 없다고 한다. 중국뿐만 아니라 세계 어느 곳에 가도 한국에서 먹는 짜장면은 존재하지 않는다고 한다. 참으로 슬픈 일이다.

탄자니아에 짜장면이 있을까?

마랑구 게이트를 출발해 6일 동안 산행을 하면서 가장 고달픈 것은 고산증이나 체력 저하, 잠, 정상 오름에 대한 불안감이 아니라 음식이다. 3

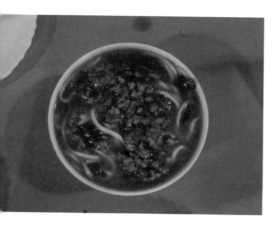

일째까지는 그냥저냥 먹을 수 있으나 대단한 식욕을 지닌 사람이 아니라면 서서히 음식에 대한 거부감이 온다. 특히 호롬보를 출발하는 4일째에는 음식 거부가 절정에 달한다. 이때 음식을 잘 먹지 못하면 정상 등반에 나쁜 영향을 끼친다.

여하튼 산을 내려오면서 가장 하고 싶은 것이 한국음식을 먹는 것이었다. 아무리 비싼 값을 치르더라도 김치 한 가닥이나 김치찌개, 된장찌개가 간절히 먹고 싶어진다. 호롬보 산장에서 한국인 여성 등반객을 만났는데 그녀는(혼자였다!) 아루샤에 한국식당이 있다고 말했다. 그리고 가이드에게 그 위치를 알려주었다. 우리는 군침을 삼키면서 희망을 안고 아루샤로 돌아와 가이드가 안내하는 곳으로 갔으나, 오호 통재라!

그곳은 한국식당 Korean Restaurant 이 아니라 중국집이었다. 대한민국에 흔하디 흔한 上海飯店. 붉은 간판과 붉은 장식을 주렁주렁 매단 그 식당의 사장은 당연히 중국인이었다. 한국인과 중국인이 서툰 영어로 대화를 시작했다. 그 결과 아루샤에는 한국인이 7명 살고 있으며, 한국식당은 없으며, 중국인은 약 200명이 살고, 중국음식점은 그곳이 유일하다는 것이었다.

어쩔 수 없이 그곳에서 먹기로 하고(아프리카 음식은 너무 질려 먹을 수 없고, 호텔음식은 시더분한데도 상당히 비싸다) 메뉴판을 보았는데 온통 영어로 길게 쓰여 있어 무엇이 무엇인지 알 수 없었다. 가장 만만한 단어가 noodle(국수)

이어서 주문을 했는데 역시나 처음 먹어보는 음식이었다. 그나마 입맛에 맞아 허겁지겁 먹으면서 '설마 그럴 리는 없겠지'라는 자포자기로 "Is Jjajangmean have?"

라고 묻자 뜻밖에 Yes라는 답이 돌아왔다. 우리는 너무 놀랍고 너무 반가워 국수를 먹으면서 짜장면을 또 주문했는데, 아뿔싸, 10분 후에 우리 앞에 나타난 것은 그렇게 오매불망 바라던 짜장면이 아니라 약간 매운 국수의 일종이었다. 실망이 무척이나 컸지만 그래도 가장 먹을 만한 음식이었다. 당연히 국물 한 방울 남기지 않고 싹싹 비웠다.

그리고 그 다음날 또 찾아가 짜장면을 먹었다(값은 정확히 기억나지 않는데, 대략 7000원 내외다). 밥을 먹고는 가이드 요나를 만나 여러 곳을 다니며 한국 식당을 찾았으나 끝내 발견하지 못했다. 돌아오는 대답은 한결같이 "No"였다.

어떤 의미에서 보면 우리가 바보인지도 모른다. 아프리카 가난한 나라에서 한국음식점을 찾다니! 마치 1940년대의 경성京城(일제시대의 서울)에서

이탈리아식당을 찾는 것과 마찬가지다. 더구나 한국인은 7명밖에 없다 지 않은가.

서울에 있는 주한 탄자니아 명예대사관 인터넷 사이트에는 탄자니아에 있는 한국식당이 몇 곳 소개되어 있다. 아루샤가 아니라 도도마나 다르에스살렘을 여행하는 사람은 미리 검색해서 김치찌개가 간절히 먹고 싶을 때 찾아가면 좋으리라.

기억해야 할 것은, 탄자니아는 아프리카이다! 그 가난한 땅에서 맛있는 음식, 내 입맛에 맞는 음식을 찾는다는 것은 정녕 바보짓이다.

★ 가장 인간적인 곳

시 장 은 언 제 나 고 향 같 다

그곳이 어느 곳이든 시장에 가면 다 똑같다. 너저분하고 두서없고 정신사납다. 그리고 정겹다. 나와 비슷한 서민들이 물건을 '팔고' '사기' 때문이다. 일용할 음식, 화려하면서도 촌스러운 옷들, 비린내 풍기는 생선, 삶에 꼭 필요한 용품들… 또 가만히 보면 '저걸 도대체 어디에 쓰나?' 싶은 물건들도 켜켜이 쌓여 있다.

시장에 가면 언제나 마음이 푸근해지면서도 한켠으로는 서글퍼진다.

가난한 사람들, 먼지가 날리는 골목, 비가 오면 질척거리는 곳, 엄마의 손을 잡고 따라 나온 아이들이 꿀밤을 맞으면서도 졸라대는 곳, 닭들이 아우성을 치는 곳, 어제도 팔리지 못하고 그제도 팔리지 못하고 내일도 팔리지 못할 것이 분명한 낡은 물건들이 먼지를 잔뜩 뒤집어쓰고 있는 곳, 하나라도 더 싸게 사려고, 하나라도 더 비싸게 팔려고, 그러다가

★ 뉴욕의 노점상(위)
★ 탄자니아 시장(중간)
★ 한국의 시장(아래)

합의점을 찾는 곳, 해가 저물면 보따리를 이고 집으로 돌아가야 하는 곳, 그곳이 바로 우리 모두의 고향이다.

시장은 미국에도 있고, 한국에도 있고, 당연히 탄자니아에도 있다. 다 같은 시장이라 하여도 탄자니아에 가면 의문이 든다. 저 물건을 과연 살 사람이 있을까? 저 낡은 신발을 팔면 고단한 저 청년은 얼마나 벌까? 하지만 걱정하지 말자.

우리의 눈에는 낡고 허름하고 보잘것없는 시장이고 물건이라 하여도 저들은 희망을 안고 장사를 한다. 기다리면 언젠가는 물건의 주인이 나타나기 때문이다. 그러기에 시장은 아무리 작고 초라해도 사라지지 않으며 우리의 삶도 그만큼 흥겨울 것이다. 탄자니아 아루샤 시장에도 그 흥겨움은 가득하다.

★ 탄자니아에 돈 보내기

단 하 나 의 글 자 라 도 틀 려 서 는 안 된 다

외국에서 돈을 받거나, 보내는 일은 무척이나 복잡하다. 어찌 돈뿐이랴, 물건을 보내는 것도 그 절차가 결코 쉽지는 않다. 그 이유는, 중도에서 사라지거나 다른 사람이 가로채는 것을 막기 위해서다. 이 세상에 천사들만 살고 있다면 그런 일은 없겠지만….

더구나 국가 시스템이 완벽하게 구비되어 있지 않은 탄자니아에 돈을 보내기는 더욱 난망하다. 아프리카를 한번이라도 갔다 온 사람은 과연 이곳에 제대로 된 은행이 있을까? 이곳에서 사는 아프리카 사람들은 은행계좌를 가지고 있을까? 라는 의문이 절로 든다.

호롬보에서의 마지막 날, 나는 가이드 · 포터 숙소(그들의 숙소는 비하해서 표현하면 제2차 세계대전 때의 유대인수용소 비슷하다)에 찾아가 이런저런 이야기를 나누고는 수첩을 건네며 이름과 주소를 적어달라고 했다.

"Write here your full name and home address."

세 가이드는 차례차례 적어서 주었는데 이름과 이메일 주소만 있을 뿐 집주소가 없었다. 그래서 나는 또 말했다.

"Write here your home… house address."

그런데 그들은 부끄러운 웃음만 지을 뿐 주소는 적지 않았고 니코가 대표로 사서함 번호 PO Box 만 적어주었다. 나는 그때 눈치 챘다. 그들은 가난해서 자신의 집이 없었던 것이다. 그런데 한국으로 돌아와 알아본 결과 탄자니아에는 주소가 아예 없었다! 그도 그럴 것이 드넓은 초원에 덜렁 오두막 하나 있는데 그곳에 어찌 주소를 매긴단 말인가? 빨간 헝겊 한 장 두르고 지팡이 하나를 들고 소를 몰며 이리저리 방랑하는 마사이 목동에게 주소가 왜 필요하단 말인가?

그래도 나는 그들에게 한국으로 돌아가면 옷과 일용품, 아이들 학용품 등 선물을 보내주겠다고 약속했다. 단 many many time이 걸린다고 말했다. 한국으로 돌아와 내게 주어진 숙제는 그 약속을 지키는 것이었다. 우선 우체국을 찾아가

"탄자니아에 소포를 보내면 본인이 받을 수 있나요?"

라고 물었다. 답은 '보장할 수 없다'였다. 나는 1년 전에도 미국 알래스카에 책 4권을 보낸 적이 있었는데 '포기 각서'에 사인을 했었다. 한국이라는 중진국에서 미국이라는 선진국으로 소포를 보내는 데도 포기 각서를 쓸 정도인데 탄자니아를 어떻게 믿을 수 있단 말인가! 돌아오다가 택배회사에 들러 똑같은 질문을 했다. 그는 "잠시 기다리세요" 하더니 어딘가로 전화를 걸어 이것저것 물었다. 그리고 돌아온 답은,

"탄자니아 그 도시까지는 배달이 돼요. 그런데 그곳 직원들이 박스를

뜯어서 물건을 자기들이 갖고는 박
스는 없애 버린답니다."

아! 탄자니아 사람들이 원래 나
쁜 사람이라 그런 것은 아니리라.
단지 호기심에 뜯어보았다가 물건
에 마음이 동해 자기들이 가져가는
것뿐이리라.

이제 마지막 남은 것은 DHL이나
FedEx였다. 그러나 그들 역시 장담
하지 못했다. 또 비용을 묻지는 않
았으나 적어도 10만원은 넘으리라
예측되었다. 그래서 내린 결론은 돈을 보내는 것이었다. 어찌 되었든 나
는 그들과 약속을 했기 때문에 무언가를 보내기는 보내야 했다. 그렇지
않으면 코레아의 이미지를 완전히 망칠 수 있었다. 내가 비록 애국자는
아니지만 코레아의 위상을 떨어뜨릴 순 없었고, 약속을 지키지 않은 한
국인이 되기는 싫었다.

요나에게 메일을 써서 '소포를 부치기는 어려우니 돈을 보내겠다.' 그
러니

1)Bank name 2)Bank address 3)Bank Telephone Number 4)SWIFT
CODE 5)Account Number 6)Account Name 7)Beneficiary address(Your
address) 8)Beneficiary Telephone Number(Your telepphone number)를 보내라
고 했다.

돌아온 답은 간단했다. 'West Union Bank를 이용하라'는 것이었다.

인터넷을 찾아보니 WUB는 전 세계에 네트워크를 가진 송금 및 수취 전문 은행이었다. 우리나라에 WUB 지점은 아주 많다. 예컨대 기업은행, 농협 등도 WUB 업무를 취급한다. 그곳 아무 지점이나 가면 해외로 돈을 보낼 수 있다. 상대가 은행계좌가 없어도 된다.

우선 은행에 가서 WUB로 돈을 보내고 싶다고 말하면 서류 1장을 준다. 거기에 영어로 또박또박 쓰면 된다. 단 글자가 1자라도 틀리면 절대 상대가 돈을 찾지 못한다. 그러므로 철저하게 정확히 써야 한다. 재미있는 점은 암호가 있다는 점이다.

그 암호는 Question과 Answer로 되어 있다.

예컨대 Question에 Today is spring이라 쓴 뒤, Answer에 My house is yellow라 쓰면 이 문장을 상대에게 메일로 알려주어야 한다. 그러면 탄자니아 WUB 지점의 은행원이 상대에게 Answer가 무엇이냐 물을 것이다. 상대가 My house is yellow라고 쓰지 못하면 돈을 내주지 않는다.

마치 스파이 두 명이 번잡한 길거리에서 접선할 때

"실례지만 담뱃불 좀 빌릴 수 있을까요? 내 던힐 라이터를 잃어버려서"라고 말하면

상대가

"오늘 아침에 우리 집 개가 뼈다귀를 주워왔지요"

라고 맞장구치는 식이다. 그렇게 서로의 신분을 확인하는 것이다.

참 편리한 제도다.

나는 Question에 'Who are you'라고 적었고, Answer에는 'I am guide'라 적었다. 그런 다음 대표로 요나에게 90달러를 보낸 뒤 요나, 니코, 파울로에게 각각 30달러씩 도합 90달러를 보냈으니 똑같이 나눠 가

지라는 메일을 3명에게 동시에 보냈다. 그러나 다음날 요나에게 답장 메일이 왔는데 내가 이름을 잘못 써서 돈을 찾을 수 없다는 것이었다. 그 이후 요나, 니코, 파울로에게서 메일이 불타나게 왔다.

요나는 수첩에 자신의 full name이 Yona gwandu라고 써주었는데 그의 원래 이름은 Yona gwandu Tiuway였다. 신분증에 있는 이름과 내가 작성한 이름이 다르니 돈을 내주지 않는 것은 당연했다. 그런데 요나가 이름을 메일로 보내면서 Tiuway와 Tluway라고 서로 다르게 표기했다. i인지 l인지 알 수 없었다. 몇 분 후 니코에게 메일이 왔는데 요나의 이름을 종이에 써서 그것을 사진으로 찍어서 보냈으나 i인지 l인지 여전히 알 수 없었다. 심지어 은행 직원은 t가 아닐까요 라고 말했다.

나는 한참을 생각하다가 Tiuway라고 결정했다. 아무리 아프리카 이름이 희한하다 해도 Ttuway나 Tluway는 어울리지 않았다. 다음날 나는 다시 은행으로 가서 정정신청을 했다. 과연 돈이 제대로 들어갔는지 어땠는지 노심초사하고 있을 때 다음날 요나에게서 메일이 왔다.

Helo thanks for your kindness I got the money you sent to us, thank you very much, god bless you.

이어 니코와 파울로도 고맙다는 메일을 보냈다.

나는 가슴을 쓸어내렸다. 이렇게 해서 3일에 걸친 돈 보내기 작전이 끝을 맺었다. 적은 돈이나마 그들이 돈을 찾았다는 데 큰 안도감이 들었다. 그리고 약속을 지킨 코레안이 되었다는 사실에도 작은 기쁨을 느꼈다.

6일 동안 아프리카, 그것도 킬리만자로에서 낯선 사람과 함께 고생한다는 것은 쉬운 일이 아니다. 뜨거운 동지애가 생겨 이름과 주소를 주고받으면서 "한국으로 돌아가면 선물을 보내겠다"고 즉흥적으로 약속할 수 있다. 정말 지키지 않을 것이라면 그런 약속은 하지 않는 게 좋다. 그저 "당신의 노고에 깊이 감사한다"고 말하는 것으로 충분하다.

나는 호롬보를 떠나면서 한국으로 돌아가면 입지 않을 옷 3벌을 그들에게 주고 왔다. 결코 큰 선물이 아님을 잘 안다. 줄 수 있는 옷이 그것이 전부였기 때문이다. 또 한국으로 돌아와 소포를 보내기 위한 방법을 이리저리 알아보았으나 모두 '불가하다'는 대답만 들었다. 그 일환으로 90달러를 보냈다. 결코 큰돈이 아니다. 단지 약속을 지키기 위해서였다.

나에게 작은 소망이 있다면 그때 함께 고생한 가이드·포터들을 -전부는 아니고 3명 정도- 한국으로 초대해 1주일 정도 관광을 시켜주는 것이다. 그런데 가만 생각해보면 그들의 왕복 비행기 삯과 한국 관광비를 모두 더하면 탄자니아 아루샤에서 집 1채를 살 수도 있는 돈이 된다. 한국으로 초대하는 것보다 그 돈을 보내주는 것이 그들에게 훨씬 실제적인 도움이 되는 것이다.

이 글을 쓰는 지금도 요나, 니코, 파울로, 마이클, 존, 모세, 로버츠… 또 이름을 알지 못하는 많은 포터들의 얼굴이 떠오른다. 그 순박하고 충실했던 친구들… 언제 다시 만날 수 있을지 기약할 수 없으나 영원히 잊을 수 없는 아프리칸들이다. 건강하게 살아 있다면 언젠가는 반드시 만날 것이라 굳게 믿는다.

탄자니아의 병뚜껑들

쓸 모 없 지 만   추 억 이   깃 든

　정말 중요하지만 한번 사용하고 난 후에는 아무 짝에도 쓸모없는 것들이 있다. 예컨대 병뚜껑이다. 만약 콜라병에 뚜껑이 없다고 생각해보자. 무슨 수단을 써서라도 병 입구는 막겠지만 불편하고 불안하기 짝이 없다. 뚜껑이라는 것이 있기에 우리는 안심할 수 있다.

　이처럼 소중한 병뚜껑임에도 따고 나면 정말 쓸모가 없어진다. 요즘에는 재활용이 대유행이어서 어떤 물건이든 척척 재활용을 함에도 정작 병뚜껑은 재활용하지 않는다. 이리저리 머리를 써 봐도 소용될 만한 곳이 없다. 초등학생들의 재활용 숙제로 공작물을 만드는 데 사용하는 것 외에는.

　나는 평생 병뚜껑을 이용한 재활용품은 딱 한번 보았다. 10살 무렵 (1970년대 초) 시골 큰집에 갔더니 병뚜껑을 50개쯤 모아 엽전 꾸러미처럼 둥그렇게 연결시킨 것이 있었다. 다리미 받침대였다. 참 훌륭한 재활용품이라 생각했으나 그것은 곧 버려졌다. 믿어지지 않겠지만 그때 큰집에는 전기가 들어가지 않았고, 다리미는 숯을 넣어 사용하는 검고 투박한 숯다리미였다. 굉장히 무거웠으며 밑판은 상당히 거칠었다. 그래서 그런 뚜껑 받침대가 필요했으나 전기가 들어가고 밑판이 매끄러운 전기다리미를 장만하면서 수명을 다했다.

아무 곳의 쓰레기통이나 길거리, 슈퍼 앞이나 호프집 앞을 지나치다 보면 여러 종류의 병뚜껑을 볼 수 있다. 놀랍게도 그 종류는 엄청나게 많다. 어느 날 나는 과연 병뚜껑이 몇 종류나 되는지 궁금해서 하나둘 모으기 시작했다. 꼭 병뚜껑뿐만이 아니라 우리가 일상에서 사용하는 모든 종류의 뚜껑을 모았다. 1년 만에 400개를 넘어섰고 그 후 속도가 떨어지기는 했으나 3년 만에 700개를 돌파했다. 태국, 일본, 미국 여행을 떠났을 때도 시간과 장소를 가리지 않고 뚜껑을 모아왔다. 가히 국제적인 뚜껑 수집이었다.

탄자니아에도 병뚜껑이 있을까?

분명 있겠지만 발견하기가, 즉 줍기가 쉽지 않으리라 생각했다. 가난한 나라이기에 병뚜껑

★탄자니아 신문과 병뚜껑

을 모아 무언가 생활용품으로 만들어 사용하리라 생각했다. 그러나 내 예측은 빗나갔다. 병뚜껑은 많았으며 그것을 재활용하지는 않았다. 누군 가 하기는 하겠지만 내가 발견하지 못했을지도 모른다. 흙속에, 길거리 에 병뚜껑은 무수히 널려 있었다. 한 가지 아쉬운 점은 그 종류가 많지 않다는 점이었다. 눈을 부릅뜨고 살펴보았는데도 20여 종 이상을 찾지 못했다. 그래도 나는 매우 흡족했다.

사람들은 내게 묻는다. 그 흠집투성이인 병뚜껑을 모아 무엇에 쓰느냐 고? 아무런 쓸모가 없다. 밥도 나오지 않고 돈도 되지 않는다. 그럼에도 나는 병뚜껑 줍기를 멈추지 않는다. 추억이 깃들어 있기 때문이다.

누구라도 나의 허접한 취미를 따라할 필요는 없다. 내세울 취미도 아 니고 특기도 아니고 시간도 많이 걸리고 자칫 '거지'로 보일 수 있다. 그 럼에도 나는 병뚜껑 줍기를 멈추지 않는다. 우리 삶의 모습이 담겨 있기 때문이다.

코레아는 어디 만큼 있을까?

당 신 이 바 로 대 한 민 국 의 대 표 다

킬리만자로의 역사는 그리 단순하지 않다. 내가 가이드 파울로(24살이며 매우 미남)에게 그동안 어떤 나라 등반객들을 만났냐고 묻자 'very many' 라고 대답했다. 이어 "What nation is good or bad?"라고 묻자 잠깐 생각 하다가 "USA, Japan, Korea… Canada is good. but Germany, European, China is bad"라고 대답했다.

물론 이는 파울로 개인의 취향이다. 그가 한 국가의 이미지가 좋다, 나 쁘다고 평가하는 것은 순전히 팁을 많이 주느냐, 주지 않느냐에 따라 달 라질 수 있다. 그런데 가만 생각해보면 파울로의 말이 객관성이 있음을 알 수 있다.

우선 미국과 캐나다인들은 돈도 많고 마음씀씀이가 크며, 대국인다운 면모가 있다. 반미주의자들은 그렇지 않다고 주장할 수 있으나 미국인은

256 가슴 설레는 청춘 킬리만자로에 있다

개인적으로 보면 매우 친절하고 젠틀한 사람들이다. 한국인은 인심이 후하고 천성이 모질지 못해서 가이드 · 포터들에게 비교적 친절하다. 일본인의 타인 배려 정신은 세계적으로 인정받는다.

나쁜 이미지를 간직한 중국인에 대해서는 고개가 끄덕여진다. 갑자기 세계의 강국으로 등장한 중국인들은 "Made in China 없으면 니들이 어떻게 살래"라는 대국인의 자세로 뻣뻣하게 굴 것이다. 포터들을 하인 취급하지 않을까 짐작된다. 유럽인, 그중에서도 특히 독일인에 대해 좋지 않은 감정을 가지고 있는 것은 뜻밖이다. 그 이유는,

탄자니아가 제2차 세계대전 전에 독일의 식민지였기 때문 아닐까? 독일은 선진국이고 독일인들은 예외 없이 철학자다운 풍모를 지니고 있으나 매우 엄격하고 딱딱한 것이 사실이다. 독일인들은 자신들은 그런 감정이 전혀 없다고 강변할 것이지만 탄자니아에 오면 "과거 우리의 식민지"라는 사고가 머릿속에 깊이 박혀 있어 은연중에 고압적 자세가 나오는 것 아닐까? 벌써 70년 전의 일임에도 식민지 국가의 식민지인들을 대한다는 몸짓이 슬며시 나오는 것 아닐까? 이는 대부분의 유럽인들에게 해당한다. 영국, 프랑스, 독일, 이탈리아, 벨기에, 스페인, 포르투갈 등이 아프리카를 사이좋게 나누어 지배했다. 그 감정은 사실 씻어내기 어려운 것이다.

천만다행인 것은 한국의 이미지는 매우 좋다는 점이다. 한국인은 가난하게 살지언정 손님은 후하게 대접하는 풍습이 있다. 또 호주머니가 텅 비었어도 '오늘은 내가 쏜다'고 허세를 부리기도 한다. 이는 장점이자 단점인데…탄자니아 킬리만자로에서는 장점으로 나타난다. 베풂의 정신이 유전자에 깊이 박혀 있어 나보다 못한 사람은 일단 도와주려 한다(물

론 그 반대도 있으리라). 그래서 가이드·포터들에게 친절하고 팁도 많이 준다.

탄자니안들은 한국에 대해 자신들처럼 한때 식민지였던 나라, 그러나 부단한 노력으로 가난을 떨친 나라, 친절하고 점잖은 나라, 첨단 전자제품을 만드는 나라(아루샤에도 삼성전자 서비스센터가 있다)라고 인식하고 있다. 그 이미지를 만든 한국인 모두에게 깊은 경의를 표한다.

나는 킬리만자로를 오르내리면서 만나는 외국인들에게 'Where are you from?'이라 적극적으로 물었다. 대답은 세계 각국이었다. 또 "Im from Korea"라고 들려주었다. 그러면 10에 9은 '쎄율?'이라 되물었다. 한국과 서울의 이미지가 그만큼 높아진 것이다. 또 10에 2~3명은 "Oh! 갱냄스타일, 베리굿"이라면서 엄지손가락을 치켜세웠다. 싸이의 업적에 존경을 표하지 않을 수 없는 순간이다. 어떤 의미에서 싸이는 역대 수많은 대통령들보다 더 큰일을 한 셈이다.

서서히 상승하고 있는 코레아의 이미지를 더 좋게 만드는 것은 평범한 우리들의 몫이다. 그 좋은 이미지는 다른 사람이 아닌 나의 아들딸에게 고스란히 돌아온다. 해외에 나가면 내가 코레안임을 자랑스레 밝히자. 그리고 그에 맞게 행동하자.

7 부

킬 리 만 자 로 ,
갈   것 인 가 ?
말   것 인 가 ?

★

길 위에 새긴 이름

감격의 국제공인인증서

킬리만자로, 갈 것인가? 말 것인가?

★ 길 위에 새긴 이름

허 공 으 로   산 산 이   흩 어 지 지   않 기 를

낙서는 저마다 숭고한 뜻을 간직하고 있다. 화장실의 낯 뜨겁고 유치한 음담패설에서부터 학교 교실의 책상에 새겨진 컨닝용 수학공식에 이르기까지 그 사람의 열망이 담겨 있다. 그러기에 낙서를 비웃거나 폄하해서는 안 된다. 그럼에도 낙서는 늘 지워짐의 운명에 처한다. 낙서를 하려는 자와 지우려는 자의 투쟁은 인류 역사와 궤를 함께 한다.

낯선 곳에 가면 사람은 자신의 이름을 남기고 싶어 한다. 그래서 세계 어느 곳을 가든 '홍길동 왔다감'이라는 가장 전형적인 끼적거림을 필두로 다양한 새김이 존재한다. 왜 우리는 자신의 이름을 낯선 곳의 벽에 남기고 싶어 할까?

존재했음의 증명이다. 영화 〈쇼생크 탈출〉에도 '이곳에 있었다'는 새김이 등장한다. 목을 매고 자살한 부룩스의 'Brooks was here'는 존재했

* 호롬보 산장에 새겨진 낙서들(위)
* 실크로드에 돌로 새긴 이름(아래)

음 혹은 왔다갔음의 뜻을 되새기게 한다.

킬리만자로에는 어떤 낙서(혹은 새김)가 우리를 기다리고 있을까? 그대가 그곳에 간다면 어떤 흔적을 남기고 와야 할까?

자연을 훼손하지 않으면서 이름을 남기는 가장 좋은 방법은 호롬보를 떠나 키보 산장에 이르는 실크로드에 돌을 쌓는 것이다. 그 넓고 거칠고 황량한 들판에는 수없이 많은 이름들이 존재한다. Smith, UTANCHANG Kim, 盧…세계 모든 언어의 이름이 있다. 대부분 영어 이름이고 한문 이름은 딱 하나가 있었고 아쉽게도 한글은 없었다.

나라도 한글을 남기고 싶었지만… 그럴 힘이 없었다. 이미 고도 4500m를 넘어섰기에 내 몸 하나를 건사하기도 힘들었다. 겨우 겨우 한 걸음을 떼는 것이 힘든 마당에 언제 '호(김호경), 명(아내 김명신), 윤(딸 김윤하)' 이라는 글자를 남긴단 말인가. 적어도 50개 이상의 돌을 모아야 했기에 포기할 수밖에 없었다.

대신 작은 원을 만들고 그 안에 돌멩이 3개를 세웠다. 사랑하는 아내와 딸과 나의 상징이었다. 힘겹게 그 흔적을 남기고 '우리 모두 행복하기를'이라 짧게 기도를 올린 뒤 다시 정상을 향해 걷기 시작했다.

되돌아보면 아쉬움이 켜켜이 남은 여행이지만 가장 큰 아쉬움 중의 하나는 그 너른 벌판에 내 이름과 사랑하는 가족의 이름을 남기지 않은 것이다. 훗날 다시 간다면 호, 명, 윤을 아주 크고 단단하게 새길 것이지만… 그날은 과연 올 것인가?

★ 감격의 국제공인인증서

" 당 신 은   킬 리 만 자 로 에   올 랐 습 니 다 "

에베레스트에 최초로 오른 사람은 에드먼드 힐러리Edmund Hillary (뉴질랜드)
와 셰르파 텐징 노르게이Tenzing Norgy (네팔)다. 그 증거는 무엇일까?

킬리만자로에 최초로 오른 사람은 한스 메이어Hans Meyer (독일)다. 그 증거
는 무엇인가?

지구상에 인류가 출현한 것은…현대 과학으로 정확히 밝히지 못한다.
인류라는 정의조차 애매하기 때문이다. 오스트랄로피테쿠스, 호모에렉
투스, 네안데르탈인… 어찌 보면 모두 인류의 조상이다. 그 출발지는 지
금으로부터 500만 년 전 아프리카 동부이다(라고 추정한다).

이 추정이 맞다면, 500만년 동안 지구상에 살았던 인류는 전부 몇 명
이나 될까? 즉 현재 인구수가 아니라 누적인구수는 과연 몇 명이나 될
까? 아무도 대답할 수 없다. 80억 명이 될 수도 있으며 200억 명이 될 수

도 있다.

어림잡아 150억 명(최소한의 누적수)이
라 치면 그들 중에 힐러리보다 먼저
에베레스트를 오른 사람이 단 한 명
도 없었을까? 그들 중에 한스 메이어
보다 먼저 킬리만자로를 오른 사람이
단 한 명도 없었을까? 어쩌면 있을 것
이고, 어쩌면 없을 것이다. 단 이름이
없고, 증거가 없기 때문에 인정되지
않을 뿐이다.

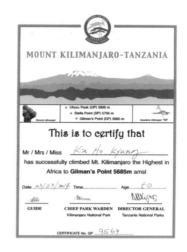

내가 킬리만자로에 올랐다는 증거는 어디에 있을까? 정상에 오른 사
진이 증거가 될까? 사진이 완벽한 증거가 된다면 아폴로 11호는 달에
갔다 왔다는 숱한 사진을 남겼는데도 왜 지금까지 가짜 논란에 시달리
고 있는 것일까?

가장 완벽한 증거는 사진도 아니요, 증언도 아니요, 주장도 아니요, 자
기 마음속의 믿음이다. 혼자 킬리만자로 우후르피크에 오른 사람은 가이
드 외에는 그것을 증언해줄 사람이 아무도 없다. 사진이야 얼마든 조작이
가능하다. 사람의 심리는 묘한 것이어서 킬리만자로에 갔다온 후 "나는
정상에 오르지 못했어"라고 자백하기란 쉽지 않다.

"온갖 고난을 극복하고 정상을 밟았지"라고

자랑스레 말하고 싶은 욕구에 사로잡힌다. 이는 세계인 모두 공통이
다. 이를 잘 알기 때문인지 킬리만자로 관리사무소에서
는 함께 정상에 오른 가이드를 통해 국제공인인증서를 배부해준다.

그 인증서에는 3곳의 지명이 표기되어 있다. 우흐르피크^{Uhuru Peak} (5895m), 스텔라 포인트^{Stella Point} (5756m), 길맨스 포인트^{Gilman's Point} (5685m)이다. 정상에 오른 사람은 우흐르피크에 올랐다고 표기되며, 통상 레오파드 포인트라고 말하는 곳까지 간 사람은 스텔라 포인트에 올랐다고 표기되며, 키보 산장까지 간 사람은 길맨스 포인트라 표기한다.

처음에 우리는 정상까지 오르지 못한 사람은 아무런 인증서도 주지 않는다고 생각했다. 그런데 고맙게도 키보 산장까지 간 모든 사람에게 인증서를 주었다. 내 이름과 나이가 적힌 인증서를 받는 순간 정말 감개무량했다. 그리하여 나도 세상 모든 사람들에게 킬리만자로에 올랐음을 증명하는 인증서가 생겼다(물론 나쁜 맘을 먹으면 위조할 수도 있겠지만).

내가 받은 인증서의 일련번호는 9567(2014년 3월 24일)이다. 키보 산장까지 오른 사람은 그때까지 전 세계에서 9567명이라는 뜻이다. 정상(우흐르피크)에 오른 사람의 인증번호는 299644였다. 정상에 오른 사람이 무려 3

배나 더 많다(즉 킬리만자로는 평범한 당신도 충분히 오를 수 있다!). 이 인증서를 발급한 시기가 언제부터인지 알 수 없기 때문에 킬리만자로에 오른 사람의 숫자는 정확히 파악하지 못한다. 어찌되었건 인증서를 받았다는 사실이 감격스러운 것이다.

인증서가 킬리만자로를 올랐다는 증거의 전부는 아니다. 사진도 증언도 인증서도 완벽한 증거가 될 수 없다. 유일한 증거는 오직 나의 마음속에 있다. 내가 킬리만자로에 한발 한발 올랐다면, 그 모습을 본 사람이 아무도 없다 해도 분명 오른 것이다. 그 마음속의 인증서가 진짜 인증서인 셈이다.

킬리만자로, 갈 것인가? 말 것인가?

누구라도 그 사람의 인생에 큰 영향을 끼친 곳은 반드시 있다. 그러기에 늘 그곳을 그리워하면서도 평생 가보지 못하는 곳이 있다. 예컨대 고등학교는 대부분의 사람에게 그리움의 1번지다. 공부를 잘했던 못했건, 지긋지긋했건 행복했건 가슴속에 남아 있는 모교의 여러 모습은 아련한 향수를 불러일으킨다. 그럼에도 어인 일인지 평생 한 번도 가보지 못하고 죽는 사람들이 의외로 많다. 어찌 안타깝고 서글프지 않을쏘냐!

그러기에 피천득은 수필 〈인연〉에서 이렇게 말했나보다.

그리워하면서도 한번 만나고 못 만나게 되기도 하고
일생을 못 잊으면서 서로 아니 만나 살기도 한다.

그리워하면서도 평생 가보지 못하는 곳은 많다. 그러므로 후회를 잔뜩 안고 이승을 떠나기 전에 〈꼭 가보야 할 곳〉 버킷리스트를 만들어라. 많이는 필요 없다. 10곳만 돼도 충분하다. 그 10곳마저 과연 죽기 전에 가볼지 어떨지는 당신 스스로도 장담하지 못한다. 심지어 자신의 고향조차 가지 못하는 사람도 있다.

한국인의 가보고 싶은 곳 버킷리스트는 과연 어디일까?

에베레스트, 유럽, 그중에서도 특히 프랑스, 스위스, 이탈리아…인도, 네팔, 티베트, 치앙마이, 중동 십자가의 길(종교 성지를 그리워하는 사람이 많다) 등이 주로 꼽힌다.

꼭 집어서 미국 뉴욕의 메트로폴리탄미술관, 영국의 대영박물관, 프랑스의 루브르박물관 등 주제가 있는 탐사여행을 꿈꾸는 사람도 많다.

알래스카, 남극, 남미 안데스 산맥, 몽골 등 보통의 사람이라면 가기 어려운 곳을 간절히 바라는 사람도 종종 있다.

그 리스트에 킬리만자로를 넣을 것인가? 아니면 그저 조용필의 노래로 만족할 것인가?

> 바람처럼 왔다가 이슬처럼 갈 순 없잖아/내가 산 흔적일랑 남겨 둬야지/한줄기 연기처럼 가뭇없이 사라져도/빛나는 불꽃으로 타 올라야지
> 묻지마라 왜냐고 왜 그렇게 높은 곳까지/오르려 애쓰는지 묻지를 마라/고독한 남자의 불타는 영혼을 아는 이 없으면 또 어떠리
> — 작사 양인자, 작곡 김희갑, 노래 조용필

선택은 순전히 당신의 몫이다. 킬리만자로는 결혼과 똑같다.

결혼은 해도 후회, 하지 않아도 후회라 한다. 이는 인생도 마찬가지다. 살아도 후회, 살지 않아도 후회다. 킬리만자로는 가도 후회, 가지 않아도 후회다. 그렇다면 가보고 후회하는 게 더 낫지 않을까?

킬리만자로는 아프리카에 있고, 아프리카는 인류의 고향이다. 최초의 인간 이브는 아프리카에서 태어났다. 아프리카가 왜 인류의 고향인지는 직접 가보면 안다. 단 1주일만 머물러도 나 자신을 찾을 수 있다.

킬리만자로는 고행의 산이다. 오죽 험하면 6일에 걸쳐 올라갈까? 그 6일 동안 킬리만자로가 나에게 주는 교훈은 무엇일까? 나는 무엇을 찾고자 킬리만자로에 오르는가? 먹이를 찾아 어슬렁거리는 하이에나가 되고 싶어서인가? 아니면 고고하게 얼어 죽은 표범이 되고 싶어서인가?

그 답은 당신 스스로 찾아라.

킬리만자로, 갈 것인가? 말 것인가?

이 질문에 대한 나의 답은 간단하다.

"절대 두 번 가고 싶지 않은 산이다. 그러나 죽기 전에 꼭 한번은 가보아야 한다."

평생 잊을 수 없는 아름다운 만년설

프 랑 스 〈 몽 블 랑 〉 등 정 기   이 범 구

나는 한국전쟁이 휴전으로 접어든 지 3년이 채 지나지 않은 1955년 충남 온양 아산의 시골에서 농부의 아들로 태어났다. 지금은 인근에 세종시가 들어서고 KTX 천안아산역이 있어 나날이 발전을 거듭하고 있지만 2000년대 초까지만 해도 나의 고향 신창(新昌)은 그야말로 두메산골이었다.

그곳에서 학교를 졸업하고 농사(젖소도 키웠다)를 짓다가 1989년 서울로 올라와 싱크대 공장에 취업해 전형적인 노동자의 삶을 시작했다. 8년이 지난 1996년부터는 두리산업 대표로 어엿한 '사장님' 소리를 듣는 해도…그 지난한 과정을 들려주자면 책 두 권으로도 모자란다. 그동안 나와 함께 험난한 길을 걸어온 아내와 아들에게 이 자리를 빌어 고마움을 전한다.

서울에 올라온 1989년에는 산이라는 곳을 도대체 가볼 여유도, 돈도, 시간도 없었다. 산과 들판을 뛰어다니던 시골 촌놈이 1년에 단 한 번도 산엘 가지 못하니…참으로 처량하다는 생각이 자꾸 들었다. 그러다가 2006년부터 산을 다니기 시작했다. 경기도 의왕시에 살던 무렵인데 아파트 뒤편에 있는 모락산(385m)을 심심풀이로 한두 번 오르기 시작한 것이 이후 8년에 걸친 산행 대장정의 출발점이었다. 그때만 해도 시골뜨기가 금강산에 가고, 백두산에 가고, 중국 황산과 태항산에 가고, 프랑스 몽블랑에 가고, 아프리카 킬리만자로에 오르리라고는 정녕 꿈도 꾸지 못했다.

그런 의미에서 인생은 참으로 변화무쌍하고, 예측이 불가능하다.

처음 산악회에 가입해서 간 곳이 2006년 11월의 월출산이었다. 그런데 아무도 나를 반겨주지 않아 -왕따를 당해서- 소나무 밑에서 혼자 밥을 먹기도 했다. 그런 불합리를 고치고자 했으나 계란에 바위치기여서 강제 탈퇴를 당했다. 지금 생각하면 참 우습기도 하고, 어처구니없기도 하다.

그래서 2010년 5월 25일 순수하게 산을 사랑하는 사람들을 모아 '노을빛고을'이라는 산악회를 만들었다. 회원수는 4년 만에 302명으로 늘어났다. 이 회원들은 대부분 '열성분자'들이며, 순수하고, 술과 담배를 멀리 하고, 오로지 산행이 목적이다. 이른바 '묻지마 산행'과는 완전히 거리가 멀다. 노을빛고을은 1개월에 2회 정기 산행을 하고, 수시로 비정기 산행을 한다. 물론 인터넷에 카페도 만들었다.

그동안 내가 오른 산의 목록을 들자면 거의 끝이 없다. 한라산, 설악산, 월출산, 북한산, 금강산…대략 300여 곳이 넘는다. 많은 것 같음에도 우리나라에 산이 2000개쯤 있다고 하니 이제 겨우 15% 오른 셈이다. 세계적으로 치면 0.1%도 안 될 것이다.

300여 곳의 산 중에서 가장 아름다웠던 산은 금강산이다. 평생 한 번 갈

까 말까한 금강산을 오른 것은 내 인생에서 커다란 축복이었다. 더구나 산을 그다지 좋아하지 않는 아내가 동행을 했기에 더욱 뜻 깊었다. 12,000봉의 그 아름다움은 가히 금강^{金剛}이라 할 만했다. 오죽하면 불교 경전 〈화엄경〉에 "해동에 보살이 사는 금강산이 있다"고 기록되어 있을까.

가장 아름답기는 금강산이지만 가장 권하고 싶은 산은 프랑스 몽블랑이다. 특히 산 아래에 자리한 샤모니^{Chamonix}는 그 아기자기함과 자연 경관, 운치 있는 마을 모습, 아름다운 야생화, 사람들의 일상이 세계인들을 매료시키기에 충분했다.

꼭 산을 오르는 것이 목적이 아닐지라도 평생에 한번 몽블랑, 샤모니는 꼭 한번 가보기를 권한다.

몽블랑 Mont Blanc

이름 그대로 '흰 산'이라는 뜻이다. 알프스산맥의 최고봉으로 4807m에 달한다. 프랑스와 이탈리아 국경에 위치하며 이탈리아어로는 몬테비앙코^{Monte Bianco}라 부른다. 이탈리아 쪽은 매우 가파르고 프랑스 쪽은 비교적 완만하다. 빙하가 발달하여 항상 흰 눈이 쌓여 있다. 이탈리아에 1306m의 앙트레브가 있고, 프랑스에는 몽블랑 등산기지로 유명한 샤모니 몽블랑이 있다. 세계적인 관광지이기에 가는 길은 복잡하지 않다. 한국(인천공항)-스위스 제네바-프랑스 샤모니로 이동해 등반하면 된다. 등반길이 약간 험하기는 해도 평균적인 체력을 지닌 사람이면 충분히 오를 수 있다. 그러나 1년 정도는 산악 훈련을 하고 철저한 준비를 거쳐 올라야 한다. 여행 기간은 최소 10박 11일며, 등정에 걸리는 기간은 6일이다.

10년 넘게 300여 곳의 산을 올랐으나 산에 대한 철학적 생각이나 다른 사람을 감동시키는 멋진 명구는 떠오르지 않는다. 단지 산은 나에게 '삶의 활력소'가 된다. 스트레스, 우울, 피로, 고단함, 인간관계의 불편함, 세상만사의 어지러움, 때때로 찾아오는 분노, 사업에 대한 불안감… 이러한 것들, 우리네 인간이라면 누구나 안고 사는 이 모든 것들을 나는 산에 오르면서 깨끗이 씻어낸다.

나는 앞으로도 계속 산에 오를 것이다. 〈등정 버킷리스트〉를 작성하자면 첫째는 캐나다 록키이고, 둘째는 뉴질랜드 밀포드이다.

굳이 돈이 많지 않아도 된다. 조금 더 절약하고 조금 더 열심히 일하면 충분히 가능하다.

산에 대하여 굳이 한마디 명언을 남기라면,

"산을 아끼고 사랑할 수 있는 사람이면, 행복을 전해주는 전령사가 된다."

그러므로 당신도 마음을 비우고 산을 오르기 바란다. 낡은 운동화이어도 좋고 멋진 등산복이 없어도 된다. 물 한 통과 김밥 한 줄이면 누구든 산을 사랑하는 사람이 될 수 있다.

내 마음의 풍요로움을 일깨워주는 산

네팔 〈안나푸르나〉 등정기   김성경

한번은 우연히 산행을 함께 떠난 한 남자가 산에 대한 우리의 열성적인 대화를 듣고는 한마디 거들었다.

"다들 미쳤군요."

어찌 보면 맞는 말이다. 미치지 않고서야 한 달에 2회 정기산행, 한 달에 1회 백두대간 산행, 한 달에 1회 수시산행을 하겠는가? 즉 죽을 만큼 급박한 일이 아니면 만사를 제쳐두고 일요일마다 산으로 달려간다. 그것도 휴전선 밑에서 제주도 끝까지… 이제 그것도 모자라 아시아, 유럽, 아프리카까지 누비면서. 왜 나는 그렇게 산에 오르는 것일까?

대부분 그렇듯 나 역시 우연한 계기로 산에 올랐다. 2003년, 내 나이 50세의 화창한 봄날, 지인들과 엉겁결에 강화도 마니산을 오르면서 톡톡히 고생을 했다. 속칭 '저질 체력' 때문에 생고생을 했다. 그때 "이래서는 안 되겠구나, 체력을 키워야 남은 인생을 즐겁고 가치있게 살겠구나"

라는 자각심이 들어 산을 오르기 시작했다.

우여곡절 끝에 노을빛고을 산악회를 창설한 후 본격적인 산사람이 되었다. 그동안 오른 산을 열거하자면⋯ 지리산, 한라산, 백두산 등 국내의 산은 대부분 가보았고 말레이시자 코타키나바루, 중국 황산, 네팔 안나푸르나, 프랑스 몽블랑, 아프리카 킬리만자로 등 400여 산에 이른다.

그 많은 산 중에서 가장 아름다웠던 산은 몽블랑이다. 유럽의 이국적이고 유서 깊은 풍광, 맑은 하늘, 깨끗한 자연이 마음에 와 닿았다. 특히 여유로우면서도 조용하고, 그러면서도 사색을 하며 살아가는 유럽인들이 인상적이었다. 가장 권하고 싶은 산은 백두산이다. 뭐니 뭐니 해도 민족의 영산이며, 백두산 가는 길의 만주 벌판이 조국 대한민국에 대한 애국심을 가슴 깊이 새겨주기 때문이다. 누구라도 죽기 전에 백두산은 꼭 한번 가보기를 권한다.

안나푸르나(Mt. Annapurna)는 우리에게 그 이름이 익숙한 산이다. 네팔 히말라야에 있으며 높이는 8091m이다. 세계 최고의 산 에베레스트보다 약 800m 낮지만 전 세계에서 10번째로 높다. 그러나 훈련을 받지 않은 일반 산악인이 8091m까지 오르기는 극히 어려우며 비용도 많이 든다.

이 산을 오른 계기도 우연이었다(인생의 많은 일은 우연히 찾아와 중요한 의미를 남긴다). 어느 날 50대 중반의 평범한 아주머니(진짜 평범한 아주머니)가 불쑥 "안나푸르나에 가야겠다"고 아무렇지도 않게 말했다. 그 말을 듣는 순간 '그 추운 곳을? 그 험한 곳을? 더구나 여자가? 더더구나 50이 넘은 아줌마가?'라는 의문이 들었다. 그러나 그 의문은 곧 '나도 가야겠다'라는 충동으로 바뀌었고 얼결에 네팔로 향하는 비행기에 올랐다.

2010년 3월, 남자 2명, 여자 2명의 무모하고도 거창한 안나푸르나 등정은 그렇게 시작되었다. 하지만 안나푸르나는 우리가 상상하는 것처럼 눈과 얼음, 험난한 계곡과 빙벽으로만 가득한 산이 아니었다. 4200m까지의 생츄어리 Sanctuary 롯지는 보통 수준의 체력이라면 거뜬히 오를 수 있었다. 산길에 야생화도 무척 많이 피어 있으며, 곳곳에 마을도 있다. 그 외진 마을 사람들을 만나는 것도 큰 즐거움 중의 하나다.

그렇다 해서 편안하게 오를 수 있는 산은 결코 아니다. 4000m가 넘기에 고산증도 찾아오며, 잠과 식사도 등반객을 고통으로 몰아넣는다. 그러나 그런 장애물과 고통은 어떤 산을 오르든 반드시 따라붙는 필수 조건이다. 히말라야라 해서 늘 추운 것은 아니다. 밤에는 살을 에이듯 춥지만 낮에는 비교적 따뜻하다. 또 가이드·포터를 잘 만나면 한국음식도 해먹을 수 있다. 그러므로 당신이 아마추어라 해서, 50이 넘었다 해서, 여자라 해서 안나푸르나를 두려워하거나 망설일 이유는 전혀 없다. 어느 날 문득 삶에서 잠시나마 해방되고 싶거든 안나푸르나로 떠나라.

안나푸르나에서 인상 깊었던 것 중의 하나는 부부동반 등산객이 많다는 것이다. 대부분 50대가 넘은 사람들로 포터 1명을 대동하고 부부가 오붓하고 다정하게 산에 오른다. 인생의 중반을 넘긴 그들이 왜 그 멀고 험한 안나푸르나까지 오는 것일까? 사랑을 되찾고 싶어서다. 평생 간직할 아름다운 추억을 간직하기 위해서다. 안나푸르나는 그 사랑을 되찾게 해주고 삶의 의미를 깨닫게 해준다.

그것만으로도 안나푸르나는 정말 아름다운 산이 아닐까?

이제 왜 '미친 듯이 산을 오르느냐?'는 질문에 답할 차례다.

나에게 있어 산은 몸과 마음을 건강하게 해주는 정화수다. 정화수는 우리의 어머니가 새벽에 일어나 가장 깨끗하게 받아놓고 간절히 기원하는 물이다. 인생을 순수하고 행복하게 살도록 기원하는 것이다. 산은 나에게 바로 그 역할을 한다.

60이 넘은 나에게 버킷리스트는 '럭셔리한 캠핑카를 타고 대한민국 곳곳의 산을 오르는 것'이다. 또 하나는 캐나다의 록키산을 오르는 것이다. 물론 쉽지는 않다. 그렇다 해도 불가능하지도 않다. 꿈은, 꾸는 사람만이 이룰 수 있기 때문이다.

자연은 부지런한 사람에게 극적인 아름다움을 보여준다. 나는 그 아름다움을 찾기 위해 남은 그날까지 겸허한 마음으로 쉬지 않고 산에 오를 것이다.

안나푸르나 등정 유의사항

· 가는 방법 : 한국-네팔 카트만두-포카라(베이스캠프)-안나푸르나-생츄어리롯지
· 최소 10박 11일 일정이며, 등정기간은 5박 6일이다.
· 포카라를 출발하면 전기가 없으므로 이에 대비해야 한다.
· 고산증이 약간 있을 수 있다.
· 안나푸르나와 킬리만자로를 비교하면 킬리만자로가 더 오르기 힘들다.

★

가슴 설레는 청춘
킬리만자로에 있다

1 쇄 인 쇄 2014년 5월 27일
1 쇄 발 행 2014년 6월 5일

지 은 이   김호경, 이범구, 김성경
펴 낸 곳   도서출판 북캐슬
펴 낸 이   한정희   마 케 팅   최윤석
주   소   서울시 마포구 마포동 324-3 경인빌딩 3층
전   화   02-325-5051 팩스 02-325-5771 홈페이지 www.wordsbook.co.kr
등   록   2004년 3월12일 제313-2004-000061호
I S B N   978-89-968367-7-3 03810
가   격   13,800원